CUENTOS DE METRO

Cat Yuste

©Cuentos de metro

©Cat Yuste, del texto.

©Diego García Castillo, de la ilustración y diseño de la cubierta.

©Verónica González del Río, de las ilustraciones interiores.

Correcciones:
Helena Pescador.

1ª Edición, diciembre 2018

Cat Yuste

A Noelia.
Disfruta de la vida,
porque es fugaz como un viaje en Metro.

*Ilsa: ¿Puedo contarte una historia?
Rick: ¿Tiene final feliz?
Ilsa: Aún no sé qué final tendrá.
Rick: Tal vez se te ocurra mientras lo vas contando...*

(Escena de 'Casablanca', 1942).

PRÓLOGO

UNAS PALABRAS DE LA AUTORA...

Siempre he pensado que mis cuentos, que mis criaturas, eran el compañero perfecto a la hora de sumergirse en la oscuridad de los túneles del Metro.

Y, partiendo de esta idea, comencé a crear esta colección de cuentos, de personajes, con regusto urbano. Pequeñas fotografías costumbristas que pueden suceder en cualquier ciudad y en cualquier momento. Reunidos todos los textos y tras crear un recorrido dividido en líneas, como si de un verdadero plano de Metro se tratase, nace esta colección con el sugerente y sencillo título de 'Cuentos de Metro'. Una serie de relatos cortos, que no te llevaran más de cinco minutos de lectura —o menos—, pero que retumbarán en tu cabeza el resto del día —o más—.

Además —y como regalo para los lectores fieles que siempre os quedáis con ganas de más—, esta edición incluye dos epílogos (a falta de uno).

El primero es 'El hombre del traje gris'. Uno de mis primeros cuentos, que nunca ha sido publicado en ninguno de mis libros y que, por fin, ve la luz. Si te gusta más la sugerente idea de que te lo cuenten al oído, puedes buscarlo en mi canal de *Youtube* y disfrutar de esta historia interpretada por el actor José Luis Gil, conocido por ser un habitual de la televisión o el teatro y, sobre todo, por ser una de las voces más reconocibles del doblaje en español.

El segundo epílogo, 'Tu camisa', es una de esas historias que surgen de un chispazo involuntario. Una reflexión subjetiva desde el punto de vista de su personaje principal y que, como muchos otros de mis cuentos, acabaría teniendo dos posibles finales. He elegido el que más me gusta a mí, espero que a ti también te guste.

Y dicho todo esto: siéntate, ponte cómodo y disfruta del viaje. Las puertas de este Metro se han cerrado y ya no tienes más remedio que dejarte llevar a tu destino.

Cat Yuste

CUENTOS DE METRO

Línea 1

- Cuentos de metro
- Sara
- Una burda imitación
- Perfecta
- En la cafetería de Julia
- Tras la máscara

CUENTOS DE METRO

Es un día como otro cualquiera. De camino a la oficina en este metro, desgastado por el tiempo, y rodeado de gente medio dormida y apática, a juego con la ciudad. Yo también, ¡qué demonios! Me recuesto en mi asiento. Al menos tengo unos minutos de vacío para reprocharme por qué sigo pensando en ella, después de tanto tiempo. Los años pesan y esto ya debería ser un caso cerrado y archivado. Pero el pasado te cae encima cuando menos te lo esperas, como su libro anoche, cuando intentaba colocar una carpeta llena de columnas atrasadas, que guardo para uso y disfrute de mi ego. Y allí estaban ella y su dedicatoria:

"Gracias por el intento pero, como puedes ver, aquí publica cualquiera".

Siempre fue una descarada, pero con gracia para serlo. Atractiva, por dentro y por fuera, y atrayente hasta el extremo, sin percatarse de su tremendo potencial. Indecisa y resolutiva a partes iguales. Maleable..., manipulable en el fondo. Era una especie de Audrey Hepburn. Ingenua, delicada, deliciosa. Una mujer de aspecto frágil, a quien le pesaban la melancolía y los besos dados.

Esos besos que fue demasiado sencillo robarle, apenas empezada la primera ronda de juego.

«¿Cómo puede ser tan ingenua?», eso fue lo primero que pensé al verla. Se empeñaba en encontrar, a toda costa, finales felices donde ni siquiera hubo un principio. Su exceso de optimismo me agotaba. Desconfío de la gente que siempre intenta animar al resto, en el fondo lo hacen para encubrir el asco de vida que llevan.

No se puede consentir que gente así vaya suelta por la vida, acaba por desequilibrar al resto. Así que me propuse que espabilara. Pensé que, si alguien tenía que hacerle daño, que ese alguien fuera yo que, al menos, después, sabía cómo recoger los restos del naufragio.

Me considero un hombre de retos y ella, pasada la primera impresión, ya no me suponía ninguno. Previsible, predictible. Demasiada calma, demasiada facilidad, demasiado visto. Un puzzle con pocas piezas que no tardé en resolver y del que pronto me aburrí.

Perdida la ilusión por todo, excepto por mi trabajo —que es lo único que me mantiene vivo—, procuro buscarme emociones que me pongan en guardia... y ya iba tocando renovar la compañía femenina.

No soy de encariñarme con ellas y, a ella, tampoco le venía bien encariñarse conmigo. Nunca supo tomar decisiones y yo, curtido en estos temas, decidí por los dos.

Dejé de mandarle mis señales, contradictorias. Mi juego estaba acabando con ella y, quizá en el fondo, también conmigo...

Se puso pesada un par de semanas, siempre fue una cabezota. Pero me divertí mucho viendo cómo retorcía la historia, buscándole su lógica. Está claro que tiene la imaginación de los escritores para inventar realidades y yo, espectador de lujo, disfruté del serial, sin intervenir para nada en el guion.

No me arrepiento, nunca lo hago.

Además, por lo que he visto, tampoco me necesita. Como yo ya había predicho, ella solita llegaría a donde ha llegado: escritora de cuentos de metro, su sueño en el fondo. Historias tan rápidas y efímeras como los trayectos del suburbano. Solo cuando conseguimos nuestro sueños, nos damos cuenta de lo pobres que son... Y ella cumple con creces esta máxima.

¡Qué desperdicio de talento! Podía haber llegado a más, a mucho más, pero nunca quiso alejarse demasiado del punto de partida.

Me da igual.

Sigo recostado en mi asiento. El traqueteo me adormece y yo me dejo acunar. No sé por qué pienso en ella. Tal vez no hice lo correcto, pero ya no puedo cambiarlo. Y a ella le va mejor sin mí... Bueno, no, estoy convencido que conmigo hubiera logrado más. Tenía lo imprescindible para llegar a ser alguien en mi profesión: ganas de aprender y mucho ímpetu. ¿Dónde estarán mi ímpetu y mis ganas? ¿En qué estación se me habrán quedado olvidados?

Hace rato que cerré los ojos, no quiero que nadie pueda adivinar lo que estoy pensando. Pero una inesperada carcajada me obliga a abrirlos. Al fondo del tren, una joven habla amistosa con un hombre bastante mayor que ella, que ojea un libro y señala frases con un lápiz verde.

No puedo creerlo. De todos los vagones y pasillos de metro de la ciudad y tiene que aparecer en el mío.
Su risa invade todo. Susurra alguna frase cerca del hombro de su acompañante, mientras ambos observan atentos las páginas del libro. Sus intensos ojos brillan al levantar la cara, al buscar la complicidad de aquel tipo que parece explicarle pacientemente algo sobre aquel ejemplar, de cubierta atestada de *graffiti* y una vía de metro. Todo un canto a la originalidad, sin duda, teniendo en cuenta que —no quiero equivocarme— es la última entrega de su colección *Cuentos de metro* que, inexplicablemente, ha alcanzado su cuarta entrega. Todo un éxito para los tiempos que corren, eso sí.

Veo que ya me ha encontrado sustituto. Alguien que la eduque bien, que la lleve a lo más alto de las máquinas expendedoras de libros en los pasillos del metro.

Está preciosa, con un jersey rojo oscuro, de aspecto suave, dejando ver sus hombros morenos, y el pelo recogido en una coleta alta, que se bambolea con el ímpetu de sus carcajadas. Está feliz. Es feliz. Quizás así sea feliz...

En un descuido, sus ojos cruzan el vagón y tropiezan conmigo, me tocan, me interrogan, me atraviesan, me cogen de las solapas y me zarandean. Se pone seria, muy seria, tanto que parece diez años mayor.

Pero sigue siendo Audrey, mi Audrey: con toda la fuerza de su ingenuidad y con el peso de todos los besos que, después de a mí, habrá dado a otros que no son yo.

Me quita los ojos de encima y vuelve al hombre de su izquierda. Este asiente y, con sospechosa amabilidad, sonríe. «¡Imbécil! No sabes la suerte que tienes de que ella te haya encontrado». Y el muy gilipollas está pensando en cosas que podría hacer con cualquier otra...
La rabia me retuerce por dentro, cuando la llegada a la estación decide acabar con la escena por mí.
El viejo rijoso la toma de la mano, tira de ella y ambos salen del vagón, perdiéndose entre los ríos de gente que corre de un lado a otro, con las prisas propias de un lunes en Madrid.
Resoplo y vuelvo a recostarme en el asiento. «Conmigo le hubiera ido mejor». Giro la cabeza y lanzo mis ojos en persecución de un jersey rojo que se aleja de mí, por otros cinco años más, quizá. «Con ella me hubiera ido mejor».

SARA

Es lo que tiene asistir a este tipo de eventos, te encuentras con gente a la que preferirías no ver: taimados cargados de soberbia, con más prepotencia que talento, a los que tienes que aguantar si quieres sobrevivir en este negocio.

Hago que escucho a una rubia de la que he olvidado su nombre, pero no el color de su sujetador, que se afana en mostrarme generosa cada vez que se inclina, para soltar una carcajada estridente con fingida naturalidad.

Y allá, en la improvisada barra, junto al barman de turno, que hace lo imposible para que la coctelera no acabe estrellándose contra el suelo, tropiezo con un vestido de satén que me resulta familiar. Rojo. Esa prenda recurrente que Sara saca del armario cuando quiere que se preste más atención a su cuerpo que a sus palabras.

Desconecto de la rubia y fijo todos mis sentidos en ese vestido, que cumple con creces su misión. Deduzco que Sara piensa que hoy no tiene nada que decir. Y es raro, porque ella siempre tiene la palabra justa en el momento menos indicado. Como la noche en que me dijo: «Tú y yo ya no tenemos edad para jugar», para después cerrar la puerta del taxi y subir sola a su casa, dejándome con las ganas de recordar viejos tiempos y veinte euros de carrera que mi orgullo tuvo que abonar al taxista, que se reía de mí al otro lado del retrovisor.

Y, ahora, parece ausente. Demasiado sola para lo que acostumbra últimamente. Con los ojos posados en la puerta de entrada. Por la manera en que sujeta la copa, imagino que esta noche es su pareja oficial.

Una pena. Esta chica está cogiendo todos los vicios de los malos escritores: publicar noveluchas vacías de éxito, vivir de evento en evento, rodearse de sanguijuelas que le roban las ideas y utilizar el alcohol como puente hacia la falsa espontaneidad.

No puedo evitar mirarla, con el pelo negro, casi azul, en un simpático recogido y las clavículas más marcadas que de costumbre. Se deja caer sobre la barra de una forma graciosa, entre despreocupada y tambaleante, más pendiente de mantener el equilibrio que de la postura que va adquiriendo.

El camarero niega con la cabeza y ella golpea la copa contra la barra haciéndola añicos. La música parece cesar y todos vuelven los ojos hacia ella, ajena a los comentarios. Gesticula y levanta la voz, reclamando al camarero una nueva copa rellena de lo primero que tenga a mano.

Más que el espectáculo, lo que me jode es que la gente sienta lástima y tengo la sensación de que ese momento está a punto de llegar. Le doy mi copa a la rubia y, en dos zancadas, cruzo la sala y tomando a Sara por la cintura, la saco de allí con la mayor discreción de la que soy capaz.

En el aseo del hotel, intento detener las diminutas hemorragias que los cortes de la copa le han causado en la palma de la mano. Está anestesiada, dejándose hacer sin abrir la boca. Solo mira al espejo, intentando reconocerse en la imagen borrosa que le devuelve.

—¿Te duele? —no me contesta—. Dime, ¿te duele?

Gira la cara y me mira, obligándome a perderme en sus ojos negros, grandes, vidriosos.

—¿Qué...?
—¿Te duele?

Y bajando la cabeza, esquiva, para impedirme rastrear más allá, contesta:

—Ya no. Hace tiempo que te he olvidado.

UNA BURDA IMITACIÓN

Estaba obsesionado con aquel tipo que había irrumpido en la vida de mi mujer despertando todo su interés. Busqué por todos los medios la forma de imitarle: quería hablar como él, escribir como él, tratarla como él había comenzado a tratarla, como esos "dandis" de poca monta que —por razones que no alcanzo a entender— consiguen nublar el criterio de la más despierta.

Esa fijación insana se acrecentó con el paso del tiempo, llevándome incluso a vestir como él y peinarme a su manera. Teñí mis canas de un turbio moreno y cambié mis polos de colores intensos por camisas escrupulosamente blancas y pantalones de pinzas, con zapatos impolutos. Zapatos a los que, cada noche, les borraba las huellas de los pasos dados.

Cada vez me parecía más a él y menos a mí. Estaba consiguiendo mejorar esa copia barata de periodista resabiado y cansado de todo, incluso de sí mismo. Pero, aun así, no conseguía despertar en ella ninguna sensación. Nada. Ni siquiera cuando me miraba tropezando con aquella burda imitación, ni siquiera en ese momento veía brillo en sus ojos.

La estaba perdiendo. Y ella cada vez más enfrascada en los nuevos proyectos que, este recién ascendido a jefe, le ofrecía, cultivando su creatividad y su ego, a partes iguales, convirtiéndola en alguien imprescindible en la redacción del periódico.

Casi sin proponérselo, la tenía rendida y dispuesta. Y yo, mientras, esperándola en casa, muerto de celos por no conseguir —a pesar de mis esfuerzos— lo que él estaba a punto de disfrutar sin darlo la más mínima importancia.

La situación me come por dentro. No puedo consentir que se me escape de entre los dedos con esta facilidad, cayendo en sus brazos —y en sus trampas—, sin que él se percate de la suerte que tiene de que una mujer como ella se fije en un tipejo como él.

Pero se acabó. Esta noche, tan borracho de celos como de *whisky*, he cogido el coche y me he presentado en la redacción.

Ahí está, el único que queda, encerrado en su despacho. Con una ligera música melosa, envuelta por un ambiente cargado de humo clandestino. «Seguro que están juntos, por eso aún no ha vuelto a casa».

Ella me ha contado que esta noche había una presentación de no sé qué obra de no recuerdo bien qué actor. Y yo he descubierto su mentira. Está con él, tras esta puerta, probablemente jugueteando con esas ridículas corbatas de rayas que suele llevar. Esas que, ahora, también forman parte de mi vestuario.

Se oyen jadeos dentro, pequeños vaivenes acompasados de lo que parece el pesado escritorio, gemidos de mujer y palabras de hombre... Susurros ininteligibles.

Apoyo con miedo la mano en el pomo. No sé si estoy preparado para ver lo que se esconde tras la

puerta. Es el final. En cuanto abra todo estará perdido, nada volverá a ser como antes.
Por un momento, pienso en mi mujer, en esa sonrisa que hace siglos que no veo. En lo guapa que está al levantarse, aunque ella piense que con el pelo revuelto y el pijama desbocado ya no me resulta sexy. Me gusta cómo huele el baño cuando sale de la ducha y las notas que, a veces, me deja junto a la cafetera por las mañanas.
Sé que cuando abra esta puerta todo va a cambiar. Y lo peor es que un tipo como ese no se merece una mujer como la mía.
Tomo aire y abro la puerta. Hay poca luz, pero sí la suficiente para ver que la mujer que está tendida sobre el escritorio tiene el pelo revuelto, largo y rubio y las muñecas atadas por una corbata de rayas. Es la nueva becaria, todo un clásico. Ni siquiera se inmuta, me mira por un momento mientras sigue concentrada en sus escandalosos jadeos.
Es patético. Él se ha desabrochado lo justo para cumplir, con un aprobado raspado, con una muchacha que podría ser su hija. Me mira, con los ojos encendidos, no sé bien si por la rabia de haber sido pillado infraganti o por el esfuerzo de saberse perdido por la escasa duración del momento pasional.
No puedo evitar una sonrisa irónica, que a duras penas consigo controlar para no convertirla en una sonora carcajada, y cierro la puerta tras de mí.
Respiro aliviado y suena mi móvil. Es Susana. Al contestar se oye un tremendo barullo de fondo. Música y risas nerviosas, pasadas de alcohol.

—Hola. ¿Puedes pasar a buscarme dentro de una hora? Estoy en el María Guerrero. Aún tengo que rematar la entrevista y, para cuando acabe, seguro que, con la suerte que estoy teniendo hoy, no pasará ni un maldito taxi libre...
—Sí, en una hora estoy ahí —contesto, impulsivo. Y me sorprendo soltando un atropellado— Te quiero.
Al otro lado del teléfono se hace un silencio. Imagino que está desubicada por mi respuesta. ¿Hace cuánto no le digo que la quiero?
Y, tras el silencio, su voz vestida con una sonrisa me contesta:
—Y yo a ti. Gracias, cielo.
Cuelgo y respiro aliviado. No necesito parecerme a él para tenerla, porque ya la tengo. Solo es cuestión de volver a ser yo para prolongar los buenos tiempos. Tan sencillo como eso.
Me aflojo la corbata pensando en qué puedo hacer durante esta hora libre...
Rosa vive cerca. Creo que me pasaré a hacerle una visita y comprobar, en sus propias carnes, que eso de que te aten con una corbata tiene su morbo.

PERFECTA

No fue difícil convertirse en una mentirosa patológica con su historial. Lo que no sé es cómo conseguía aclararse con tantas voces hablando a la vez en su cabeza.
Como un poliedro, a cada uno nos ofrecía la cara que queríamos ver.
Para su marido era "la perfecta casada": buena, fiel, la mujer que todos queremos y pocos somos capaces de encontrar.
Para su amante oficioso era una sumisa recalcitrante, abierta a probar todo aquello que a su amo le viniera en gana. Sin tabúes. Sin límites, a excepción de enamorarse, claro. Ese era un lujo que no se podían permitir.
Con aquel jovencito las cosas eran diferentes. Se convirtió en un ama soberbia y dominante. Aleccionar a un pipiolo imberbe de *veintipocos* fue una satisfacción que consiguió llevarse a la boca poco antes de conocerme.
Y conmigo... Bueno, según ella, conmigo todo era distinto. Aunque en muchos momentos, yo me sentí uno más del montón. Una muesca más en la culata de un revólver que se había desenfundado demasiadas veces.
Aun así, tenía algo que conseguía engancharnos a todos, manteniendo la expectación, hasta que ella consideraba el juego

terminado. Entonces, daba carpetazo a la relación con una escueta llamada, una cita rápida en algún bar perdido de las afueras o, simplemente, desaparecía sin más.

Pero eso no me importó, siempre supe que cambiaría. Con paciencia fui viendo caer a todos mis contrarios. Al jovencito, por inexperto; al dominante, por querer llevar el juego más allá de los límites de ser dos; a su marido, que encontró una veinteañera que acabaría sacándole hasta los ojos. Y los amantes fugaces no me preocupaban, porque solo eran eso: fugas.

Poco a poco, comprendió que no había mejor refugio para un corazón como el suyo que mis brazos y mi cama. Me sentía tan feliz. Por fin era mía, solo mía. Todo era perfecto, ni un reproche, ni un problema. Nuestra relación era una balsa de aceite. No más mentiras ni más personalidades. Por fin era ella, solo ella.

Y descubrí, bajo tantas capas de barniz, una mujer sensible, tierna, débil. Me abrazaba a todas horas y su cara era una permanente sonrisa. Era feliz.

Fueron los mejores años de mi vida. Aunque ella siempre vivió intranquila. Pensaba que, al igual que todo empieza, también tiene un final. No podía creerse que yo fuera a quererla siempre. Y ese pensamiento estuvo acechando, agazapado en lo más profundo, esperando cualquier resorte para salir y revolver de nuevo su mente.

Una noche, cuando llevaba ya dos horas esperando impaciente que regresara, la policía vino a buscarme. La habían encontrado en el río. Como en aquella película de los años noventa, mi mujer, mi mitad, había decidido terminar con todo antes de que dejara de ser perfecto.

Supongo que las voces de su cabeza, esas que llevaban años discutiendo, aquella noche sí supieron ponerse de acuerdo.

EN LA CAFETERÍA DE JULIA

He encontrado el refugio perfecto en la cafetería de Julia. Está cerca de las oficinas del simulacro de periódico donde trabajo y es un local lo suficientemente oscuro para esconder mi decadente soledad.

Disfruto tanto viendo a Julia servir las mesas, contoneándose cadenciosa, sujetando la bandeja con sus manos de dedos largos y huesudos, cubiertos de anillos, regalados por amantes furtivos en los años de juventud.

Ella no habla de su vida, con nadie. Pero, por alguna extraña razón, le gusta confesarse conmigo y desgranar sus rocambolescas aventuras, mientras damos buena cuenta de las botellas de *whisky* que haya en la sala.

Recuerdo la tarde que me contó la historia del tipo aquel que quiso comprarle un piso, para conseguir la exclusividad. Julia le puso las cosas claras y su ex mujer una demanda de divorcio con la que llegó a perder hasta la dignidad. O aquella vez en que la novia de un fulano, que se había perdido varias noches bajo las sábanas de Julia, se presentó a dar el espectáculo en el bar y las dos acabaron saliendo esa noche de copas y ligando con dos estudiantes de periodismo, a los que dieron un par de buenos titulares.

Julia sabe muy bien cuándo los hombres se están enamorando de ella. Una vez me dijo:

«Cuando pierden el culo por ayudarme a recoger para acompañarme a casa, justo ahí es cuando debo hacer que salgan huyendo y buscarme refugio en otra cama».
«Hay hombres que no soportan el rechazo. ¿Ves esto?», me confesó señalándose la garganta una de las tardes en que la cafetería se quedó sola para nosotros. «Esta cicatriz es un recuerdo de uno de esos hombres que no entienden la palabra "no". Por suerte tuve reflejos para escapar a tiempo. Nada mejor para bajarle los humos a estos especímenes que un buen rodillazo en la línea de flotación. Lástima que el cuchillo, que traía para cerrar el trato, consiguiera parte de su objetivo. La sangre es muy escandalosa, pero sus gritos lo fueron aun más y pronto tuvimos una patrulla de policías asqueados fingiendo que controlaban la situación».

Puedo pasarme la tarde acodado en la barra del bar, mareando la colección de periódicos del día, mientras la observo ir y venir por la cafetería. Esconde bien su edad. Aunque algunas de sus frases la delatan, dando pistas de que hace tiempo ya que cumplió los cuarenta.

Me gustan las mujeres fuertes, con mucho carácter y ella lo tiene. Demasiado libre para acabar atada a un cualquiera, pero con necesidad de cariño, por eso siempre anda buscando tipos a los que deslumbrar.

Nadie debería ser tan iluso como para enamorarse de ella. Es simple: Julia es incapaz de sentir más allá de los límites de una cama. Mientras aceptes su juego, todo irá bien. Pero, en el momento que infrinjas las reglas, estás perdido.

En el fondo, no somos tan distintos: los dos sabemos —y queremos— estar solos y el resto de la gente es mero entretenimiento para los tiempos muertos. Claro que, cuando llega la hora de confesarnos frente a una botella de *whisky*, ambos dejamos caer la coraza. Creo que es el único momento en que realmente somos nosotros mismos, sin miedo a posibles represalias por demostrar que también somos vulnerables.

He terminado pronto esta noche en el periódico y no me apetece volver a la soledad de mi apartamento, ahora que mi gato ha decidido buscar fortuna fuera de casa. Estoy frente a la cafetería, pero las luces están apagadas. Julia sale para cerrar y se sorprende al verme.

—¡Hola!

—Vaya... Yo que venía a tomarme el último *whisky*...

Julia me sonríe y, aparcando ese tono sarcástico que siempre la acompaña, dice:

—Tengo un *bourbon* de buen año en casa. ¿Te apetece?

Le guiño un ojo y, tras ayudarle a echar el cierre, nos alejamos caminando del brazo por la calle mal iluminada. Un gato solitario huye espantado al vernos pasar.

TRAS LA MÁSCARA

Realmente, yo no quería disfrazarme, pero la insistencia de mis amigos acabó por convencerme. Habíamos terminado los exámenes del primer cuatrimestre y estábamos decididos a quemar la noche de Carnaval. Al final, me disfracé de uno de mis superhéroes favoritos: *Batman*, amigos inseparables en las largas tardes de invierno, luchando mano a mano contra todo mal que amenazara *Gotham*. Y esa noche, parapetado bajo su capa, quise zanjar un tema que llevaba pendiente demasiado tiempo.

La máscara cubre la mayor parte de mi cara y ni yo mismo soy capaz de reconocerme en el espejo. Por suerte, mis horas de gimnasio han hecho su efecto, consiguiendo disimular esa incipiente barriguita, que se había convertido en compañera fiel en los últimos meses.

Pasan las horas y las copas también me ayudan en mi decisión. Protegido por el anonimato del disfraz, comienzo mi búsqueda. El pueblo se me hace inmenso ahora que he decidido encontrarte.

Me cruzo con remolinos de colores: payasos, monstruos, duendes..., Marchan en tropel hacia la plaza. Me cuesta avanzar contra corriente. No sé por dónde andarás, solo que tus amigas y tú vais vestidas de revoltosas hadas. Ese disfraz va

contigo, con tu personalidad, alegre, dulce, mágica. El hada de los cuentos de los hermanos Grimm, que todos hemos imaginado alguna vez.
Por fin llego a la sala de fiestas. Nadie me reconoce al entrar. Mejor. No se esperan que alguien como yo se haya dejado llevar por el espíritu burlón del Carnaval. Me gusta. Ahora formo parte del personaje y el personaje forma parte de mí.
La sala está casi llena. Veo piratas, *hippies*, un bombero abrazado a un diablo. Intrépidas cazadoras disparan serpentinas de colores a una manada de panteras rosas. Un desvencijado Rey Arturo apura a Ginebra en una copa al fondo de la barra.
Y justo al lado, unas chicas charlan a voces. Tú. Un hada azul, de alas grandes y puntiagudas, que sobresalen por encima de tu cabeza. Con la cara llena de purpurina y un vestido de lentejuelas que brillan con los golpes de luz. Estás preciosa. Realmente eres el hada que todos querríamos tener. Delicada, deliciosa. Con los rizos cayéndote en los hombros y el vestido ceñido a la cintura por un estrecho cordón plateado.
Ahora, solo tengo que acercarme... Y, en mi mundo, todo se detiene. Ya no oigo voces, ni música. Nada. Ya solo pienso en lo que he venido a hacer. Voy directo hacia ti y parece que la gente se aparta a mi paso, dejándome llegar a tu lado en un puñado de zancadas. Pongo mi mano en tu hombro, te giras y me miras desconfiada.
—¿Quién eres?
Sin decir nada, te cojo suavemente de la barbilla y levanto tu cara. Entonces, sintiendo que mi corazón está a punto de salir huyendo, me

acerco y te beso. Despacio. Saboreando tus labios jugosos, con el intenso mentol del caramelo que esconde tu boca. Son míos, aunque solo sea en este momento. Llevaba tanto tiempo esperándolo. Pero lo bueno se acaba y nuestro beso también. Me retiro despacio y te observo, aún con los ojos cerrados. Inmóvil, pensando, parada en el instante del beso. «Ya está», pienso, «ahora reaccionará y me llevaré un tortazo tan memorable como el de *Gilda*...». Pero ha merecido la pena. Nunca sabrás quién se esconde tras la máscara. Y para mí quedará este beso perfecto. No habrá más ocasiones, soy demasiado tímido para atreverme a hacer esto sin el disfraz.

Los segundos se me hacen eternos y, viendo que no reaccionas, hago amago de marcharme. Pero, entonces, siento tu mano sujetándome del brazo. Tiras suavemente de mí para que me acerque. Noto tu aliento cálido rozando en mi oído.

—Que bien que por fin te hayas decidido, Diego.

Y allí, junto a un arlequín con el maquillaje corrido por la risa, una bruja de uñas largas y verdes, un vaquero sin revólver, en mitad del caos, un hada azul se abraza a un superhéroe.

Línea 2

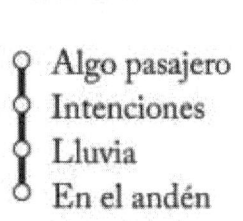

- Algo pasajero
- Intenciones
- Lluvia
- En el andén

ALGO PASAJERO

Nunca me gustaron las despedidas y con ella no iba a hacer una excepción. He convertido mi vida en un caos y me gusta. Prefiero el descontrol antes que convertirme en un *Bill Murray* atrapado en el tiempo y en las formas de una sola mujer. ¿Dónde está la gracia si siempre vas a despertar en la misma cama?

Está claro que Claudia nunca me entendió, más preocupada por aferrarme a su vida, atando mi libertad con asfixiantes lazos de amor, en lugar de disfrutar de la frescura de aquello que surgió una noche de verano de hace no mucho tiempo.

Y yo se lo expliqué, nunca le mentí. Jamás alimenté algo que no iba a tener proceso de continuidad. Ambos sabíamos que aquello acabaría más temprano que tarde. Era algo pasajero, un tren en la estación que retrasa su salida pero que, inevitablemente, comenzará su marcha sin mirar atrás.

Sé que andará buscando mi adiós, aunque sea de papel, aunque sea un mensaje en el contestador, en las páginas de su periódico o en los ojos de aquellos con los que se cruza cuando va camino del trabajo.

Le costará entenderlo, como a todas. Pero se acostumbrará, como todas. Y un buen día se olvidará de que compartió cama conmigo, se olvidará de que fui su primera opción, el veneno y el antídoto. Olvidará que mi paso por su vida fue un terremoto difícil de clasificar en su escala...

Y, entonces, será el momento de volver... y empezar con el juego otra vez.

INTENCIONES

La nada es lo único que llena la calle. Poco más puede encontrarse un jueves de agosto en la gran ciudad. Un viento caliente y pesado mueve mi vestido azul y yo, quieta, frente a la puerta de la cafetería.
A través de los cristales te intuyo. Al fondo, en lo más oscuro, te atrincheras en compañía de tu café y tu periódico. Solo. Absorto.
Sin más, levantas la cara y siento cómo me miras. Estás serio, ni un gesto que delate lo que puedes estar pensando.
Tus ojos me interrogan, me atraviesan. Me veo incapaz de sostener tu mirada como mis tacones son incapaces de sostenerme a mí ahora.
Corro en busca de la salvación de una boca de metro y mis intenciones huyen despavoridas aun más rápido que yo.
Precipito mis pasos por las escaleras, mientras los tuyos cruzan lentos la puerta de la cafetería.

LLUVIA

Regreso a casa, bajo la lluvia que cae despiadada sobre la ciudad, borrando tus huellas, nuestras caricias clandestinas en cada uno de sus rincones. Gotas implacables que caen apagando el calor de una primavera, sin prisas ni remordimientos, que termina para nosotros porque tiene que terminar.

El falso frío se cuela bajo mi ropa, intentando ocupar tu vacío. Registro los bolsillos de mi chaqueta en busca del móvil, aunque me prometí no llamarte más. Pero ya no está tu número en la memoria, olvidé que lo había borrado la última noche, igual que había olvidado lo mucho que te echo de menos.

Me tropiezo con la lluvia que huye despavorida por mi calle, llevándose mi promesa, arrastrando las hojas, mis pasos, tus besos desgastados y la voz monótona de una mujer, al otro lado del teléfono, que me informa de que el número marcado ya no existe.

EN EL ANDÉN

Algo tendrían que contar las estaciones de tren. Esta, por ejemplo. Una estación sin encanto del Madrid construido a base de humo y de historias sin apuntalar. Despedidas amargas, mentiras que se desvanecen con el ruido del tren al marchar. Encuentros felices y fugaces, que se olvidarán al doblar la esquina de la memoria. Reencuentros permitidos o clandestinos, de amor con pasión o de solo sexo...

Instantes que anudan la garganta, como ahora, porque quiero, por dependencia, por saber que la oscuridad desfila en retirada y te vas. Lejos. En este tren que te lleva de regreso a sus brazos, olvidándome en el andén por enésima vez.

Y en el camino, nos dejamos las maletas, los recuerdos, los besos y la mitad del alma, a trozos, desperdigados por el suelo, pisoteados por las prisas de los que pasan, sin ser conscientes de que esta será la última vez que te vea, la última vez que quiera verte.

Línea 3

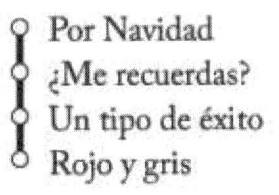

- Por Navidad
- ¿Me recuerdas?
- Un tipo de éxito
- Rojo y gris

POR NAVIDAD

La pregunta tonta de la camarera me ha hecho salir huyendo del único barucho que he encontrado abierto en un día como hoy. «¿Qué le has pedido a Papá Noel?»
¿Acaso tengo cara de gilipollas? De cornudo sí, ya se encargó Claudia de dejar el trabajo bien hecho antes de irse. Pero, ¿de gilipollas? De gilipollas, seguro que también, por no darme cuenta a tiempo.
La pregunta de la camarera sobraba, por mucho que fuera acompañada de un sutil guiño y una sonrisa mal vestida de complicidad.
¡Qué manía con soltar sandeces por ser las fechas que son! ¡Qué ingenuidad pensar que todos somos felices en este día, creer que a todos nos espera una noche buena! ¡Qué más dará lo que le pida a ese maldito gordo, la última vez no me hizo ni puto caso!
Antes era distinto... Antes de que el trabajo la llevara a cinco mil kilómetros... Antes sí hacíamos la gracia de escribirle una peculiar carta a este farsante vestido de rojo. Una cada uno, pidiendo una sola cosa. La mía en papel azul, la suya en papel rosa. Un ritual que mantuvimos los diez años que vivimos juntos... Idea de Claudia, todo idea de Claudia que, en el fondo, se había equivocado de continente a la hora de nacer.

Y después, llegada esta noche, intercambiábamos los regalos, fingiendo que habían caído por la falsa chimenea de nuestro minipiso alquilado.
Siempre fuimos muy típicos en todo. Convencionales. Simples, quizá, pero nos queríamos. O, al menos, eso parecía.
Yo sabía que tenerla lejos haría difícil que esto funcionara, pero lo intenté, con todas mis fuerzas. Jamás pensé que sería tan ruin como para dejarme por carta. Una carta escrita en ese asqueroso papel rosa que utilizaba para todo.
Odio las cartas, los regalos, las Navidades y que la gente se crea que va a ser mejor persona porque lo marque el calendario.
Odio tener que estar contento por ser Navidad. Odio a todos aquellos que me sonríen, tratándome con condescendencia, porque saben que estoy jodido y solo. Como la camarera del barucho. Me miraba, me sonreía, me hablaba buscando la manera de hacerme sentir bien.
Y yo la miraba distraído, pensando en todo lo que realmente me apetecía sentir en ese momento... Sentir mi mano perdiéndose bajo sus faldas. Sentir las ganas compartidas. Sentir que nada importa esta noche. Sentir, con brutal intensidad, hasta explotar dentro de ella, en el cuarto de baño de la cafetería o en el primer portal que tuviéramos a mano, con intenciones de seguir la fiesta enredados en las sábanas de mi casa.
El vagabundo, que va sentado conmigo en este vagón de metro vacío, me mira, confuso, perdonando mi verborrea descontrolada porque sabe que, en el fondo, es el alcohol el que habla.

Me siento solo esta noche, es verdad. Y no me importaría consolarme entre los brazos de esa camarera, que me sonreía coqueta, provocándome ingenuamente con su escote y sus palabras sibilinas. Sudar todo lo que siento y, quizás así, conseguir que desaparezca. Sin preguntas. Sin explicaciones. Sin prisas.
Salgo del vagón y cambio mi rumbo, de vuelta a ese bar, a buscar a la camarera para decirle qué quiero por navidad.
Cuando llego, ella está barriendo, los pocos clientes que quedaban se han ido y las luces están a medio apagar. Levanta la cara, sorprendida.
—Hola... ¿Te has olvidado algo?
—Sí —contesto con firmeza—. Se me ha olvidado decirte lo que quiero...
—Yo ya sé lo qué quieres, niño —me interrumpe y se humedece los labios—. Los dos hemos pedido lo mismo. Termino y nos vamos. Podrás desenvolverme con calma, yo tampoco tengo prisa esta noche.

¿ME RECUERDAS?

Y de nuevo la rutina. Desayuno fugaz y viaje interminable en el cercanías de camino al trabajo. La misma gente, las mismas conversaciones. Ya no las presto atención. A estas alturas de mi vida ya nada es importante. Rondar los cincuenta me está convirtiendo en un escéptico amargado, con demasiados muertos en el armario y poco tiempo para redimirlos.

Me siento y dejo que el tiempo pase lo más rápido posible, lanzando mis ojos a un punto perdido del fondo del vagón. Y, en uno de los últimos asientos, creo ver una cara conocida. Me sorprende, tengo fichadas a todas las almas que, a estas horas, se agolpan como sardinas en lata en mi tren. Y lo más increíble es que estoy casi seguro de que eres tú. Los gestos te delatan, quizá más delgada, tal vez con algún secreto más en la mirada, pero conservando tu aspecto inocente, frágil, ese que siempre me fascinó.

La luz de los fluorescentes roza tus hombros vestidos, únicamente, con finos tirantes de una camiseta azul, igual que la última noche que nos vimos. Lo recuerdo bien. Un precioso cuerpo bronceado, el pelo revuelto por el viento levantado por los trenes que escapaban de la estación y la sonrisa congelada en esos labios jugosos deseosos de un beso. Me mirabas expectante, nerviosa, ingenua, esperando mis palabras, el consuelo de mi voz que nunca llegó.

Pero estoy seguro de que eres tú, aunque hace más de un año que no nos vemos. Simplemente pasó, dejé de sacar tiempo para estar contigo. Demasiado joven para cargar con alguien que podría ser tu padre. Demasiado inocente para un tipo que está de vuelta de todo. No quería dejar mis juegos, pero tampoco hacerte daño por continuar con ellos. La mejor opción: desaparecer sin más explicaciones.

Y ahora que te encuentro me doy cuenta de que me precipité en mi huida. Te miro y estás tan guapa. Sigues siendo deliciosamente tímida, bajando la cabeza cuando te sientes observada. Pero yo sé bien lo que encierras, el secreto que escondes: un volcán que cuando estalla arrasa con todo a su paso, ese volcán que me abrasó incluso antes de llegar a tocarte.

Está claro que te he echado de menos, mucho, más de lo que yo mismo soy capaz de reconocerme. Pero, quizá, todo esto sea una señal, un soplo de aire limpio en mi existencia ya de por sí viciada, una nueva oportunidad que algo o alguien me pone delante y que no debo desperdiciar.

No lo pienso más y me levanto para saludarte. Recorro el vagón hasta plantarme frente a ti, intentando controlar estos nervios adolescentes que se han apoderado de mi cuerpo, habitualmente anestesiado de cualquier sensación.

—Cuánto tiempo... ¿Me recuerdas?

Unos ojos grandes, melosos, me miran escépticos, fijos, brillantes. Y una voz, pausada y seria, contesta:

—Lo siento, señor, se ha equivocado.

Me quedo parado por un momento y estoy tentado de explicar quién soy, pero solo alcanzo a disculparme y volver a mi asiento.

Apoyo mi maletín sobre las rodillas, un burdo intento de ocultarme de las miradas burlonas de los viajeros adormilados, testigos de la debacle, y comienzo a tamborilear impaciente en el cuero negro. Está claro, aún no me lo has perdonado.

UN TIPO DE ÉXITO

—¿Cómo puedo haberme convertido en este tipo patético que apenas tiene valor para mirarse al espejo? —se lamenta—. Yo, que lo tenía todo: un talento innato, dotes de palabra y de mando, carisma y manejo para saber llevar a la gente por el camino que más me convenía; he acabado siendo una caricatura de mí mismo. Me he convertido en uno de mis personajes, tarados y faltos de todo, que acaban sus días en un rincón olvidado de la sociedad.

Cosme lo mira, sorprendido por la velocidad que alcanza al hablar, pero sin atreverse a interrumpir su discurso.

—Yo era un *crack*, ¿me oyes? ¡Un puto *crack*! Sacaba historias de todas partes. De lo más insignificante. Tenía que obligarme a parar de escribir, porque si no era lo único que hacía durante todo el día. Publiqué más de un libro por año, ¿te enteras? ¡Un libro por año! Las editoriales se me rifaban. Mis personajes iban conquistando el cerebro hueco de la gente. —Se da frenéticos golpecitos en la sien con el dedo índice—. Esa gente que prefiere que piensen por ella, que les marques la ruta, que les des los argumentos para tener una conversación medianamente inteligente, a la hora del café, para fardar de listos con la secretaria de pechos exagerados de la quinta planta o con el niñato que va a la universidad y que lo único que aprenderá allí es a jugar al mus.

Cosme intenta disfrutar de su bocadillo, algo correoso, que la joven de costumbre le ha traído junto con un zumo a punto de caducar. No le presta atención, pero su voz rebota, insistente, en las paredes de la estación, despejada de público por las horas que son.

—Y aquí me ves. ¿Te das cuenta? Quién me iba a decir que las cosas cambiarían tanto... Y todos pensando que mi manera de derrochar el dinero me llevaría a la ruina, que mis malos vicios serían mi perdición... Nadie predijo que ella sería la culpable de todos mis males. Ni siquiera yo que siempre me creí en posesión de la verdad absoluta. Yo que presumía de calar a la gente con un simple apretón de manos. ¡Y ella me la jugó! Ella...

Cosme se limpia las migas con la manga de la chaqueta, refunfuñando por lo mal que ha elegido, esta tarde, para escapar de la lluvia. Con la de kilómetros de pasillo que tiene el metro de Madrid y ha ido a sentarse junto al tipo más loco y escandaloso que se ha cruzado en sus cinco años de mendicidad por culpa de la crisis.

Parece que su improvisado compañero ha decidido calmarse, absorto en sus pensamientos, repitiendo frases inconexas en susurros que no son audibles por Cosme que, aunque está relativamente cerca, se ha quedado un poco sordo desde la paliza que aquellos chicos le dieron la pasada noche de *Halloween*.

Saca de entre sus cosas un periódico y ojea las noticias atrasadas, mientras su compañero decide

volver a la carga con su discurso, pero esta vez algo más bajo y con voz temblorosa.
—Ella... Ella arrasó con todo. —Se acurruca entre sus propios brazos—. Al principio no lo vi. Yo solo seguía siendo yo, pero ella no terminaba de darse cuenta de que yo era ese "Ser" al que todos admiran..., admiraban. Mi obsesión acabó pasando factura a mis personajes, que acabaron divididos en dos arquetipos: hombres perdedores desquiciados, obsesionados con mujeres que ni siquiera reparaban en su presencia, y mujeres amargadas sin corazón, cuya única afición era destrozar la vida de los hombres que tuvieran a mano...

Toma aire y se echa las manos a la cabeza, frotándose el pelo canoso, escaso y sucio.

—La gente se cansó de leer la misma historia, repetida hasta la saciedad, y la venta de mis libros cayó en picado. Las editoriales decidieron prescindir de mis personajes estrujados hasta la deshidratación. Los derechos de autor comenzaron a perder ceros y pronto no tuve suficiente para mantener mi tren de vida.

Coge las solapas de su gabardina beige, sucia y cara, en un amago de abrazo que busca conservar algo de calor. Se mueve, cadencioso, en un bamboleo lento, metódico, con la mirada perdida en el horizonte de azulejos oscuros que tiene delante.

—Tantos años encumbrado, me habían dejado solo en la cima de mi montaña. Y, cuando la tierra desapareció bajo mis pies, no quedaba nadie allí para recogerme. Por eso he acabado aquí. Solo. Sin ella. Sin ella... sin ella...

Cosme lo mira recostarse lentamente en la pared mientras sigue repitiendo, en un bucle infinito:

—Sin ella… Sin ella… Yo era un tipo de éxito, pero todo cambió el día que Helena se acercó a mi mesa a robarme una firma en su libro…

Por fin se calla, parece dormido, y Cosme decide darle una oportunidad a una novela que ha encontrado en uno de los bancos de Nuevos Ministerios la pasada noche.

En la solapa, la foto de un hombre bien parecido, con una gabardina tan beige como cara, lo mira por encima del hombro, subido en una columna que enumera sus logros. Es esa clase de tipos, pagados de sí mismos, con éxito y dinero a partes iguales. Cosme suspira y piensa que, por suerte, nunca tendrá que tropezar con un tipo así, porque los triunfadores como ese jamás viajan en metro.

Pasa las páginas y se deja caer en el primer capítulo:

"Yo era un tipo de éxito, pero todo cambió el día que Helena se acercó a mi mesa a robarme una firma en su libro…".

ROJO Y GRIS

Estoy cansado. La humedad del otoño va haciendo mella en mí y, poco a poco, voy cayendo en el recurrente catarro de todos los años.
El ambiente está enrarecido. La huelga general ha convertido la ciudad en un desierto asfaltado. La gente, harta de mentiras, ha conseguido ponerse de acuerdo. Me sorprende que lo hayan logrado con tanta rapidez.
Yo también debería estar apoyando la causa pero, lo reconozco, soy un esquirol, un maldito esquirol. Y para nada. Sé que nadie me lo va a agradecer y menos aún mis jefes. La empresa está en horas bajas, es un secreto a voces desde hace demasiado tiempo, y no tardarán en desmantelar el chiringuito... ¡y todos iremos a la puta calle sin más miramientos!
Resoplo al ver llegar el cercanías. ¡Por fin! Con tanto medicamento estoy bastante atontado. Me dejo caer en el primer asiento que encuentro mientras compruebo que, ciertamente, el tren está más vacío que de costumbre.
Apenas un par de tipos que parecen volver de fiesta, con los ojos hinchados y rojizos, dudo que solo del cansancio de la juerga. Hay quien necesita algo más que una copa para mantener el ritmo y, al precio que se ha puesto el tabaco, lo mejor es cultivarse una buena alternativa.

Junto a la ventana, una muchacha de gafas exageradas estudia, concienzuda, las páginas de un dossier meticulosamente manoseado. «No te esfuerces, guapa, aunque consigas terminar la carrera, nadie te ofrecerá un trabajo que merezca la pena. Acabarás doblando ropa en una de esas franquicias, donde chicas escuálidas se creen a la moda con un trapo mal rematado y unos pantalones cosidos, si llega, para durar temporada y media».

¡Y a mí qué más me da! La frente me arde y me duele la garganta. Por suerte, hoy hay poco que hacer y que ver. Me recuesto en el asiento y cierro los ojos. Me viene a la cabeza la reunión a primera hora con los de administración. ¡Qué panda de gilipollas! Estoy harto de decirles las mismas cosas de mil maneras distintas. Si no saben hacer su trabajo, que se queden en casa.

Sonrío, malicioso, pensando que pronto será así para todos.

Carraspeo, disimulando la carcajada que se me viene a la boca, y siento cómo unos ojos grises se clavan en mí desde el otro lado del vagón, mal escondidos tras unos rizos pelirrojos. Una joven preciosa de piernas largas me observa y sonríe pícara. Lleva un abrigo ceñido de color gris a juego con sus ojos grandes y profundos, heladores, que me recorren, que me desnudan, haciéndome sentir incómodo.

Aun así, no pienso apartar la mirada, por mucho que esto me cueste, y me sorprendo dejando escapar un intento de sonrisa chulesca que a la joven descarada no parece desagradar.

El silencio deja espacio a sus botas, escandalosas, que parecen decididas a plantarse a este lado del vagón. Nadie levanta la vista para ver quién es el responsable de tan rítmico claqueteo.

Y, por fin, la pelirroja de piernas infinitas se sienta a mi lado. No dice nada, tampoco yo le pregunto, solo la miro intentando saber qué pretende.

Se muerde el labio inferior, suavemente maquillado, y, sin más preámbulos, arrastra su mano por la cara interna de mis pantalones hasta rozar una descomunal erección de la que —hace rato— soy consciente.

No baja la mirada. Yo tampoco. Al resto del pasaje parece importarle poco lo que pueda pasarnos.

Me busca, me acaricia, me aprieta suavemente mientras se relame golosa, como una fiera a punto de devorar a su presa. No seré yo quien le quite la idea de la cabeza y me dejo hacer.

Pero parece cambiar de opinión y, sin esfuerzo, se sienta sobre mí, a horcajadas, desabrochándose el abrigo bajo el que descubro un cuerpo desnudo, flexible, que se me ofrece sin pudor. Sus piernas me aprisionan con fuerza mientras se arquea frotando su cuerpo, erizado por el frío, contra el mío, que muere en un calor extremo.

No puedo contenerme más y sumerjo las manos bajo su abrigo, apretándola contra mí. La piel es fría, tersa. Lanzo mi boca a perderse entre sus pechos, generosos, firmes, míos...

Un brusco frenazo acompañado de un chirrido irritante me obliga a abrir los ojos, de golpe, sin piedad.

Y ahí estoy, abrazado a mi maletín, en mitad del vagón de costumbre, con una... que —espero por mi bien— no sea visible por el resto de los viajeros, con la muchacha que aún lee sus apuntes sin perder concentración y uno de los colgados que vuelven de fiesta blasfemando por la sacudida que le ha debido despertar, como a mí.

Respiro, agitado, componiéndome en el asiento y buscando a la joven de ojos grises y piernas infinitas... pero allí no hay nadie. ¡Lástima! Mi versión de *Julia Roberts* solo ha sido un sueño, aunque entre mis piernas las ganas me palpitan con increíble realidad.

Chasqueo la lengua, decepcionado por la situación, y abrazo puerilmente el maletín. No me hubiera venido mal una pelirroja así para sudar este catarro.

Hemos llegado a la penúltima parada y las puertas se abren despacio. Nadie sale y nadie entra. Pero, justo cuando amagan con cerrar, un ceñido abrigo gris con botas escandalosas entra en el vagón y se sienta a mi lado.

Línea 4

- Aburrimiento
- La luz del callejón
- Caja de besos

ABURRIMIENTO

Sentía que había pasado a formar parte del mobiliario. Un mobiliario caro, eso sí. Hace mucho tiempo que mi marido solo me habla para preguntarme qué hay para cenar y recordarme cuándo debo recoger sus trajes de la tintorería.

Mantenerme ocupada se convirtió en una necesidad más que imperiosa. Me apunté a rutinarias clases de manualidades, con mujeres hastiadas y cansadas de su propia vida. Cuando llené la casa de miles de trastos inútiles, como yo, me planteé que era momento de dejarlo.

Con la natación la cosa no me fue mucho mejor. Entre jubilados y marujas con manguitos, una recién llegada a cuarentona destaca aunque no quiera. El problema fue que uno de mis compañeros no supo reprimir las ganas de tocar carne sin caducar. El día que le crucé la cara en mitad de la piscina, se acabó definitivamente mi aventura acuática.

Y los días pasaban y las tardes se me iban haciendo cada vez más largas. El *bourbon* y los cigarrillos comenzaban a amarillearme el hígado y el ánimo. Sin hijos que llenaran mi tiempo —y con mi marido enredado en las faldas de su secretaria—, me sobraba demasiado día.

Leer siempre es buen recurso, para escapar de una vida que no quieres vivir, y la biblioteca es un sitio tranquilo donde estar rodeado de gente, extraños, callados, centrados en su libro. No te sientes sola, pero tampoco interrumpen tu huida.

Comencé a ir de forma esporádica alguna tarde, pero le cogí gusto a la cosa y acabé yendo día sí día también.

Elegía un libro, poesía casi siempre, y me sentaba en una de las inmensas mesas iluminadas por lámparas gigantescas que daban más calor que luz.

Los universitarios comenzaron a llenar la sala, con la llegada del fin de curso, y mis tardes se volvieron más amenas rodeada de tanta hormona.

Era divertido observarles, a ellos, y pillarles *infraganti* mirando el escote que tuvieran enfrente. O, a ellas, verlas hacer el ridículo intentando llamar la atención del morenazo que marcaba bíceps, bajo una camiseta demasiado ceñida.

Yo era una espectadora de lujo de toda aquella fauna, hasta que un día me convertí en improvisada protagonista. Mi "graduado" era un pelirrojo de unos veinte escasos que debía estudiar filología hispánica, lo deduzco porque siempre coincidíamos en los nichos de poesía. Usaba un perfume muy característico: dulzón, delicioso. Siempre afeitado. Con una boca perfecta, de dientes blancos y labios gruesos. Descaradamente joven. Más de un día le pillé mirando en mi dirección, pero siempre creí que era por la rubia explosiva que solía sentarse a mi lado, de esas que se preocupan más de su manicura que de la nota final. Que nadie se angustie, papá le asegurará el futuro y tendrá más dinero del que pueda gastar.

Pero volvamos a mi "graduado". Tardó lo suyo, pero una noche en que la biblioteca estaba prácticamente vacía, dejó resbalar una nota bajo mi libro antes de salir por la puerta. Me sentí como una colegiala. En la nota, con una letra ágil y de trazos decididos, me citaba al día siguiente en un bar al otro lado de la ciudad.

Tenía gracia. Yo, a mis *treinta y todos*, aburrida de mi vida de mantenida, había logrado llamar la atención de un jovencito imberbe, con más ansias de probar que experiencia demostrable, cargado de morbo, al que yo doblaba la edad.

Me sonreí y volví a casa plena, eufórica. Mi marido llegó cansado, para no variar, pero debí hacer algo bien y conseguí despertarle el morbo perdido por los años. Acabamos tirados por el suelo del salón gimiendo como hacía años no nos sucedía. Supongo que él estaría pensando en su joven secretaria. Claro que yo pensaba en mi universitario sin desprecintar, que al día siguiente me esperaría en un bar discretamente alejado de todo.

Pero al día siguiente, me pudo la cordura y decidí no ir. Quizá un sexto sentido me quiso advertir que podía ser una broma de este impúber con ganas de reírse de una maruja a medio hacer. Y acabé dedicando la tarde a pasear la tarjeta de crédito para llenar el vacío y saturar aún más el ropero.

El fin de semana fue aburrido, mi marido tenía un congreso en no sé dónde. No entiendo para qué se molesta en inventar excusas, hasta los vecinos saben ya dónde vive ella y cuántas tardes a la semana se pasean por el centro de la ciudad.

El lunes me vi necesitada de literatura y me perdí entre los nichos de poesía buscando, quizá, algo de Neruda, tal vez Bécquer o, ya puestos, Larra —este sí que supo cómo acabar con todo—. Despistada por los pasillos de estanterías infinitas, pasando el dedo lentamente por los lomos desgastados de los libros que se encontraban a la altura de mis ojos, noté una voz suave susurrando cerca de mi cuello.

—Te esperé pero no viniste.

Sabía quién era, con ese perfume inconfundible, e hice todo lo posible para parecer serena, aunque en mi cuerpo se hubieran encendido todas las alarmas.

—No pude.

Sentía su respiración lenta, cálida y, de nuevo, su voz.

—No es cierto. Creíste que era mentira, que me estaba riendo de ti.

¡Increíble! El universitario imberbe era más listo de lo que a priori me pudo parecer.

—No... Yo...

La biblioteca estaba desierta y más aun los nichos de poesía, estratégicamente alejados de la sala de lectura. Él, sabedor de que nadie nos iba a interrumpir, comenzó a subir su mano por mi pierna hasta rozar el encaje de mi ropa interior.

—Lo hubiéramos pasado muy bien, mami. Llevo mucho tiempo fijándome en ti y quiero ver cómo te portas conmigo.

Y sin darme tiempo a reaccionar, apartó la prenda que le estorbaba. Allí mismo, contra la estantería plagada de libros, tapándome la boca con una mano y reteniéndome con la otra, se decidió a descubrirlo.

La sensación era brutal, cargada de morbo y peligro. Yo, una cuarentona del montón, despertando ese tipo de impulsos en un hombre. Me gustaba, me dolía, me dejé hacer y, con el ímpetu de las embestidas y la situación tan morbosa, llegué al clímax en pocos minutos, agitando mi cuerpo fuertemente sujeto por mi "graduado".

Se paró. Él no había llegado, pero eso no pareció importarle. Se recompuso, arregló su ropa y, con un liviano beso en la mejilla, se despidió de mí.

Intenté recuperar la compostura... Esto es algo que nunca me había pasado, esto es algo que no le pasa a nadie. Nunca. Y menos a marujas mantenidas como yo.

Pero aquello comenzó a ser habitual y, durante los años de carrera de mi joven "graduado", fuimos quedando recurrentemente un par de veces por semana hasta que, presentada la tesis, le salió trabajo en el otro extremo del país y la cosa se vio interrumpida de forma indefinida.

Todo esto me llenó el ego y me hizo sentir deseada, única, incluso guapa otra vez. Nuestros encuentros en la biblioteca, en su piso, en garajes, en parques oscuros de la ciudad, encendieron mi morbo y despertaron mi libido cansada de hibernar. Y me convertí en una mujer nueva, plena, insaciable, viciosa... Feliz.

Hoy he vuelto a la biblioteca, comienzan los exámenes de febrero y mis universitarios, la nueva remesa, ya ocupan sus puestos.

Hay un rubito un par de sillas más allá que no me quita el ojo de encima. Tiene entre las manos una edición del *Enrique VIII* de Shakespeare.

Creo que ya sé contra qué estantería me hará explotar de placer.

Mensajes de móvil:

«Su mujer no acudió a la cita pero yo lo cobro igual».
«Vuelve a intentarlo, aunque sea en la biblioteca».

«Conseguido. El precio no varía. Deje el sobre en el lugar de costumbre».
«Ok».

«Mañana dejo el piso. Gracias a su dinero he podido pagarme la carrera sin agobios. Suerte. Le dejo las llaves en el buzón».
«Gracias a ti. Entretener a mi mujer no es fácil. Solo un último favor: si conoces a alguien que pueda seguir con tu trabajo, dilo».

«Tengo al sustituto ideal. Es un rubio de pelo rizado que estudia filología inglesa. Necesita piso y dinero».
«Perfecto. Dale mi número y las instrucciones básicas. No le será difícil, a mi mujer le pierden los rubios».

LA LUZ DEL CALLEJÓN

Se apoya con el codo izquierdo sobre la mesa y comienza a deslizar su dedo índice por el labio inferior, dejando escapar su nerviosismo. No solo sus gestos delatan que apenas ha cumplido los veintiséis, el exceso de maquillaje tampoco consigue atenuar sus rasgos tremendamente aniñados.

Sotelo le coge de la mano y la aprieta con ternura, orgulloso. Él está acostumbrado a este tipo de eventos, al fin y al cabo tiene a sus espaldas más de veinte años de carrera. Podría parecer un simple gesto paternalista, pero ya todos saben que entre ellos hay algo más que letras y, a estas alturas, ya no se preocupan en disimularlo.

Los primeros compases de *Cinema Paradiso* inundan la sala, acompañando las imágenes que la editorial ha preparado para presentarla, oficialmente, como ganadora. Hace años que no la escuchaba... Inesperadamente, todos los recuerdos se agolpan en su cabeza y sus ojos comienzan a nublarse con lágrimas que, después de tanto tiempo, tienen el valor de presentarse a la fiesta sin avisar.

Demasiado para ella, demasiada gente para dejarse ver así. Es un lujo que no puede, ni quiere, permitirse. Se suelta de la mano de Sotelo y, sin dar explicaciones, coge su bolso y sale por la puerta de atrás del restaurante, huyendo del bullicio de la entrega de premios.

Refugiada en el estrecho callejón, se sienta en un escalón cómodamente alto, junto a la puerta de emergencia de un garito, cerrado por falta de estilo, y busca ansiosa un cigarrillo en su bolso. Lo acerca a la boca y cuando la llama del encendedor ilumina su cara, toma una larga bocanada de tranquilidad, cerrando los ojos, respirando de alivio por haber conseguido lo que quería.

—Nunca te han dicho que fumar es malo, niña. Así no vas a crecer.

Una voz grave irrumpe su fingida calma. Aquella impertinencia hace que se le disparen todos los resortes.

—Mi mamá no me deja hablar con desconocidos —contesta burlona.

—Pues tienes suerte, no veo ninguno por aquí.

La desgastada luz de una farola le ilumina desde atrás, convirtiéndole en una borrosa sombra recortada en la oscuridad, que se acerca lentamente. Su forma de andar es inconfundible. A pesar de los años transcurridos, no duda de quién es.

—Has venido... —le dice—. Gracias.

—¿Por qué?, es mi trabajo. Mi columna de mañana habla sobre estos premios a las jóvenes promesas... Niñatos que acabarán quitándome el puesto.

Ella tiembla, más por el hecho de que se haya sentado a su lado que por la caída en picado de los termómetros de abril en el centro de Madrid.

—¿Tiemblas? Todavía te hago temblar.

—No me hagas contestar a eso —dice ella, aunque sabe bien que la ha pillado en un renuncio. La conoce demasiado, no necesita añadir nada más.

—¿Qué haces aquí? —le pregunta mientras se quita la chaqueta y la pone, cortés, sobre sus hombros desnudos. La luz de la farola golpea directamente sobre ellos, resaltando el moreno perpetuo de una piel tentadoramente suave—. Te presto la chaqueta a cambio de uno de esos cigarrillos que andas fumando.

Ella echa mano al bolso y saca un nuevo pitillo y el mechero *zippo* con la frase "Vales más de lo que crees" grabado en plata sobre fondo negro.

—¿Has leído esto? —le dice él señalando el *zippo*.

—Lo leí cuando me lo regalaste.

—Y a qué esperas para darte cuenta de que es verdad.

Ella agacha la cabeza.

—Da igual...

Él da una profunda calada al cigarro y comienza a hablar, mientras las anémonas de humo surgen de sus gruesos labios.

—¿Da igual? ¿Eso es todo lo que tienes que decir, que da igual? ¿Para esto perdí mi tiempo enseñándote, para que de buenas a primeras todo te dé igual? Vales más que muchos de los que están ahí metidos creyéndose seres superiores —dice señalando la puerta que conduce a la fiesta—, lo que pasa es que aún no te has dado cuenta. Y, a este ritmo, nunca lo harás.

—Da igual... —repite arrastrando las palabras por el nudo de su garganta.

—Levanta la cara, niña. Explícamelo. ¿Por qué da igual?

Toma aire y le dedica una mirada fugaz antes de comenzar a hablar:

—Porque tú no estás ya —contesta intentando contener la rabia—. Esto tenía gracia cuando empezó contigo, por ti, por tu culpa. Ahora solo me agobia, me angustia. Cada día quieren más y más, y nada les es suficiente. Hoy me dan este premio y todos me felicitan, pero mañana me despellejarán por culpa de un mal párrafo en mitad de la novela perfecta. Yo no quiero esto, yo solo quería estar contigo. Antes era divertido. Transcribir esos diálogos infinitos que, en el fondo, no eran más que nuestras peleas camufladas bajo personajes inventados, locos, desquiciados, que acababan resolviendo sus conflictos en la cama, como nosotros. Y a la gente le gustaba, se sentían identificados... Tú y yo éramos un equipo. Ahora me veo sola y esto ya no me divierte.

La rabia acumulada durante todos estos años ha terminado por explotar, rompiéndola en pedazos. Se levanta y su figura larga y extremadamente delgada se perfila en las sombras patéticas que la luz de la farola dibuja en los ladrillos gastados de la pared. Camina de un lado a otro, huyendo de sus propias palabras, mientras consume a bocanadas el cigarro que apura hasta rozar el filtro.

—Yo... —amaga él.

—No, no digas nada. Da igual —interrumpe con resignación—. Toma tu chaqueta. Gracias por pasarte por mi callejón. La próxima vez, avísame y lo adecentaré un poco para que te sientas como en casa.

Él se levanta despacio, acusando los cincuenta y tantos recién cumplidos. De fondo, el bullicio del restaurante se mezcla con el trasiego de los coches que circulan por las calles cercanas. Coge su chaqueta y, por un segundo, sus manos se rozan. La luz de la farola le ilumina la mitad de la cara y puede ver con nitidez cómo un enorme ojo azul, con el rímel emborronado, le mira fijamente buscando consuelo. Le sujeta suavemente la barbilla, solo un poco, solo lo suficiente para evitar que se refugie de nuevo en la oscuridad que se forma cuando baja la cabeza.

—Lo mejor que pude hacer por ti fue alejarme, preciosa, aquello no llevaba a ningún sitio. Ya te lo he dicho, vales mucho y te mereces algo mejor. Mejor que yo y que cualquiera de los mataos que están ahí dentro, como ese payaso de Sotelo. Aléjate de él, ¿me oyes?, solo quiere alimentarse de tus ideas y, cuando ya no le sirvas, tirarte como si fueras una de sus botellas vacías de *bourbon*. —Toma aire—. Hazme caso. No necesitas a nadie, ni siquiera a mí. Soy un lastre. Créeme, nos acabaríamos haciendo daño, preciosa, mucho, más daño del que yo podría soportar.

Se acerca despacio y ella cierra los ojos, pensando que aquello se convertirá en uno de esos besos que solía robarle a la salida de su motel de cabecera. Pero no. Él desvía la trayectoria y la besa, paternalista, en la frente. Un beso sentido y lento.

Y, cuando ella acierta a reaccionar, lo único que puede ver es su sombra devorada por la

intensa luz de un foco situado en un extremo del callejón, hasta desaparecer.
Por un momento, ya no se oyen sus pasos alejándose, ni el ruido de los coches, ni el rumor del salón donde continúa la fiesta. Derrotada, arrastra los pasos hasta el escalón donde está su bolso y saca un nuevo cigarrillo y el *zippo*. Y al mirarlo, la frase "Vales más de lo que crees" brilla con el tenue reflejo de la farola.
Sotelo aparece de repente. Ha salido a buscarla y le trae su chaqueta.
—¿Estás bien?
—Sí —contesta. Es obvio que no, pero él nunca ha sabido percatarse de sus mentiras.
—Supuse que estarías fumando, aunque sabes de sobra que no me gusta que lo hagas. Te traigo la chaqueta, no quiero que cojas uno de tus monumentales catarros.
—Gracias.
—¿Entras ya? —pregunta condescendiente, a sabiendas de que ella le dirá que quiere fumarse el último cigarro.
—No... Quiero fumarme el último —le contesta entre dientes.
Sonríe, satisfecho de su acierto.
—No tardes, ¿de acuerdo? Dentro hay un tipo que quiere hablar con nosotros de un proyecto que suena muy interesante: una novela a medias entre tú y yo...
—Vale —le interrumpe bruscamente—, ahora voy.
Sotelo desaparece y ella aprovecha para encenderse el cigarrillo. Mira absorta cómo el humo se escapa, solo, sin que nadie pueda

retenerlo, sin que nadie le marque por dónde debe ir.

Y, por un segundo, siente envidia de ese humo por ser libre, algo que ella no ha conseguido ser en todos estos años. Siempre de la mano de alguien, siempre dependiente, sin tomar sus propias decisiones.

Sonríe. Se limpia un par de lágrimas furtivas y, tras envolverse en el reconfortante calor de su chaqueta, coge su bolso y se marcha por el lado opuesto del callejón, dejando sobre el escalón el paquete de tabaco vacío y el *zippo*.

CAJA DE BESOS

Casi ha terminado. Las puertas del armario, abiertas de par en par, delatan las prisas del momento. Quiere terminar antes de que vuelvan los niños del colegio.

Ella le mira, sentada en silencio al borde de la cama. Él se ha parado un momento y se pasa las manos por el pelo entrecano, despejándose la frente, resoplando, mientras contempla el interior de la maleta.

—¿Lo tienes todo? —le pregunta.

—Sí, creo que sí. —carraspea, aflojándose el nudo de la corbata, y pasea su mirada por el dormitorio, haciendo un rápido inventario—. Debo irme ya.

Ella asiente. Está tranquila, con una pequeña caja forrada de seda verde apoyada sobre las rodillas.

—Gracias por entenderme, Diana. Como ya te he dicho, necesito tiempo. Tiempo para estar solo. No es un arrebato, aunque pueda parecértelo —le dice apoyando las manos en sus hombros—. No ha sido fácil tomar esta decisión. No me está siendo fácil decirte que necesito estar solo...

—Solo —repite ella susurrando y baja la mirada hacia la caja que sostiene.

—Hazme caso, nos vendrá bien a todos —continúa diciendo, mientras arrebuja la ropa en la maleta—. A veces y llegados a este punto...
—¿Me das un beso? —le pregunta ajena al discurso.
—Diana... No.
—No importa. Yo ya lo sabía.
—¿Cómo? —pregunta sorprendido por la confesión.
—Porque sabía que llegaría este día. Por eso, decidí guardar tus besos en una caja, para poder volver a ellos cuando ya no quisieras darme más.
Él la mira extrañado. Haberse quedado en una actriz de segunda parecía darle licencia para este tipo de espectáculos.
—¿De qué hablas?
—Aquí están. —Diana abre la caja y rebusca dentro—. El primero, inocente, dulce, hace veinte años. Este beso fue el que me enamoró. Ni siquiera sé quién besó a quién, la intensidad del momento arrasó con todo.
Y alarga la mano, extendida y vacía, mostrándole la nada, pero eso no parece importarle.
—Diana... —dice con un fingido tono de autocontrol.
—¿Y este? —Vuelve a rebuscar dentro de la caja a medio destapar—. Éste es el beso tras nuestra primera discusión. Dijiste que siempre encontraríamos la manera de arreglar las cosas mientras tuviéramos besos... Pues yo tengo aquí todos nuestros besos y no creo que la cosa se pueda arreglar.
—Diana, déjalo ya —dice intentando mantener la calma.

Con un golpe seco cierra la maleta evitando mirarla. No soporta sus locuras, estos momentos surrealistas que han cuajado su vida desde el primer momento, aunque antes fueran un punto a favor que la hacía diferente a las demás.

—¿Y estos otros? —Prosigue Diana—. Los más bonitos de todos: cuando nacieron nuestros hijos. Me los dabas cada vez que conseguíamos un punto de futuro. Tres veces llegó este beso a mis labios y tres veces lo guardé aquí, junto con los otros.

—¡Ya basta! —explota—. ¡Esto no tiene sentido, joder, y lo sabes!

No se ve capaz de seguir aguantando la escena y golpea la maleta para descargar la rabia. Siente como le arde la palma de la mano. Quiere salir de allí lo antes posible. El calor pasa a sus mejillas que se encienden y queman, mientras ella sigue sentada, sin cambiar la postura, tranquila, con su caja de besos sobre las rodillas y los ojos fijos en el fondo.

Rebusca y vuelve a sacar la mano, vacía, extendida, firme.

—Mira este. Es el beso que te robé mientras dormías. Ni siquiera te acuerdas de qué andabas soñando, pero pensé que este beso te quitaría esas ideas de la cabeza. Me equivoqué.

Resopla, cansado de la escena, coge la maleta y avanza hacia la puerta dándole la espalda.

—Y este es el último que me diste. Como puedes ver, es diferente a todos, por eso lo guardo en esta bolsa, aislado de los demás.

Desesperado, gira y deja caer la maleta con gran estruendo sobre la alfombra.

—¿Por qué, Diana, por qué? ¿Por qué ese beso es diferente? Termina ya con la puta función.

—Porque este beso ya no es mío —sentencia—. Es de ella, solo que me lo diste por error. Ahora que te vas, con ella, puedes llevárselo.

Línea 5

- Arrasado por las dudas
- Ruinas
- Entre las manos
- Llaves del pasado

ARRASADO POR LAS DUDAS

Carlos jadea al llegar a la puerta del aula de literatura. Solo quedan dos minutos para acabar las clases, pero aún está a tiempo de presentarle su relato al profesor.

El concurso de cuentos es un reto al que siempre se ha querido enfrentar y, por fin, el claustro de literatura ha decidido que su historia represente al colegio en el certamen de este año.

Sabe bien que se juega todo a una sola carta, pero está convencido de que tiene algo realmente bueno. Algo de lo que sentirse orgulloso, después de una semana desechando ideas manidas y más que explotadas por las series juveniles, que le bombardean desde el televisor.

Su profesor le ha visto. Asiente con la cabeza, satisfecho de que al fin se haya dignado en aparecer, y comienza a guardar sus papeles en el maletín.

La campana rompe la calma de los pasillos. Las voces comienzan a elevarse y se abre la puerta de la clase, de la que van surgiendo figuras desgarbadas, que huyen despavoridas de los pupitres que acaban de ocupar.

Carlos siente cómo se le acelera el pulso y, al volver los ojos hacia su profesor, le descubre mirándolo fijamente. Este se coloca las gafas, coge su maletín y deja el trozo de tiza en la repisa metálica del centro de la pizarra.

Apenas queda gente ya por los pasillos. Carlos puede oír su corazón retumbando, sin control, en los oídos. Las dudas lo asaltan.

Quizá lo que trae no es tan bueno como creía. Quizá la historia del pirata que decide gastar el tesoro antes que enterrarlo era mucho mejor.

Y su profesor se va acercando con paso decidido a él.

Está claro que podría haber escrito algo mejor, mucho mejor. Con esto que trae ni siquiera pasará la primera criba. No va a permitirse hacer el ridículo de esta manera. Su profesor confía en él. Le ha pedido algo bueno y lo que ha escrito no llega ni a la categoría de "medianamente decente".

Carlos mira los folios. Deja correr sus ojos por los primeros párrafos y la historia que parecía increíblemente sólida comienza a desmoronarse sin remisión.

Su profesor ya ha cruzado el umbral de la puerta y se gira para cerrarla con llave. Carlos, arrasado por las dudas, aprieta con decisión los papeles entre sus manos y los arruga para reducirlos a una mísera pelotita, que esconde dentro de su puño.

—¿Qué hace?
—Nada. He decidido no presentarme.
—¿Por qué?
—No tengo nada para presentar...
—¿Está seguro?
—Sí —contesta Carlos con total decisión.

El profesor carraspea y recoloca la montura de sus gafas sobre su amplia nariz.

Carlos baja la cabeza, convencido de que aquello tendrá consecuencias. Siente que le ha fallado, pero mantiene la voz firme y la mirada en el suelo.

—Estoy seguro de que no hubiera pasado la primera criba —intenta justificarse—. No era bueno, no era lo suficientemente bueno...

El profesor chasquea la lengua y avanza un par de pasos hasta ponerse junto a Carlos. Apoya su pesada mano sobre el hombro del chaval y le dice bajito:

—A veces, nosotros somos nuestros peores jueces. Recuerde esto para el futuro.

Carlos mira la mano que guarda la bola de papel. La abre y la bolita se despereza, despacio, dejando ver el título del cuento: *Una historia increíblemente cierta.*

RUINAS

«Compra, compra», me dijeron todos.¡Maldita sea! ¿Por qué no haría caso a mi instinto cobarde? No dejaba de gritarme que aquello era un error pero, entre la avaricia y el optimismo, consiguieron acallar su machacona vocecilla y terminé comprándome este piso.

No es una mansión —aunque costó como si lo fuera—, solo es un pequeño ático en el centro de este pueblito, venido a más gracias a los promotores inmobiliarios. Vivir encima de mi negocio sonó genial en mi cabeza; a pesar de esa "vocecilla" que no dejó de marearme hasta el último segundo, hasta la firma en el notario. Pero, ¿quién esperaba que todo se desmoronase de esta manera?

Mi negocio no era demasiado boyante. Un bar de barrio, de barrio obrero, para gente normal que sale del trabajo y riega sus penas con una caña o dos. Un bar que vivía de los menús diarios de los obreros que trabajaban en los edificios que se estaban construyendo por todo el pueblo, ahora, esqueletos decrépitos que esperan su turno para caerse por abandono.

Y, hoy, me veo con la soga al cuello, por la avaricia descontrolada de querer progresar. Ya no tengo nada. Esa nada absoluta que lo devora todo y arrasa a su paso con mis sueños.

La casa está en silencio. No tardando mucho los del banco aparecerán para echarme de aquí. Me muero de vergüenza. Mis vecinos se enterarán del fracasado que ha vivido a su lado durante estos años.

¿Y ahora? Con una deuda desorbitada, con el negocio cerrado por falta de público, sin ayudas... A los autónomos se nos considera "autosuficientes" y solo se nos tiene en cuenta a la hora de pagar.

No puedo más...

El sol atraviesa ya la ventana del dormitorio, implacable. Y mis pensamientos se revuelven, se mezclan y, como la luz clara que entra en la habitación, me muestran el camino. Fácil. Nadie reclama a los muertos. Me decido y abro la ventana. El aire frío golpea mi cara y arrastra la carta de desahucio por la mesa. Me planteo dejar un "adiós" en papel: «Adiós a todos esos que no han sido capaces de apiadarse de mi situación. Adiós y gracias a esos políticos que se preocupan más de sus cuentas fuera del país que de lo que le pase al ciudadano de a pie».

Agarrado a los barrotes forjados, a punto de lanzarme al vacío, oigo unas campanas. Son las nueve. Un rumor, extrañamente cercano, va tomando protagonismo, por encima del ruido de los coches y de algún pájaro que canta distraído. Desde aquí no puedo ver nada y el barullo se hace cada vez más presente.

Corro al otro extremo de la casa y levanto la persiana del salón... Y ahí están todos: los vecinos, los obreros que arreglaban el país en la barra de mi bar, los jóvenes que se tomaban sus copas a deshoras, mis amigos.

¿Cómo? ¿Quién se lo ha dicho?

Sus proclamas resuenan por toda la calle, justo cuando los del banco hacen su aparición derrotista doblando la esquina. Tres o cuatro jóvenes, con intención de mediar, se acercan a ellos. Suena el timbre. Han venido a ayudarme.

Gracias a las negociaciones, conseguimos pararlo, de momento. Solo es una tregua, lo sé, pero, al menos, ya no me siento solo. La plataforma me apoya, con Abel y Juan, que han pasado por lo mismo, o Rocío, que consiguió superar el bache y ahora está al día de pagos.

Una corriente helada proveniente de mi dormitorio atraviesa toda la casa. Cuando me asomo a la puerta, veo que el balcón sigue abierto. Se me retuercen las entrañas de pensar en lo que estuve a punto de hacer. Me acerco y cierro, decidido y con las energías renovadas, el balcón de la que sigue siendo mi casa. Ya tiré mi pasado al vacío, no pienso hacer lo mismo con mi futuro.

ENTRE LAS MANOS

Los gritos agónicos de los pasajeros y el sonar continuo de móviles inundan el vagón desmadejado en las vías del tren. Asientos, cristales, maletas, cuerpos..., se mezclan por el suelo tras haber sido lanzados brutalmente por los aires, sin control, sin aviso, sin remedio.

Entre los amasijos de hierro, puedo ver a un hombre joven. Agita la única mano que le ha quedado libre en busca de ayuda en mitad de este caos, de este ir y venir de seres superados por la tragedia que no abarcan a consolar a tantos.

Me acerco a él y tomo su mano. «Tranquilo, ya no te soltaré». Al principio, se asusta, retorciéndose bajo los hierros, en un intento vano por escapar, de mí. Pero después, al tacto frío de mi mano, se va dejando ir, tranquilo. Poco a poco, cierra los ojos y decelera la respiración. Sabe que soy la única opción que tiene para salir de aquí y lo asume confiado.

La violencia del golpe complica mi trabajo y no puedo dedicarle demasiado tiempo, tengo muchos a los que llevar conmigo. Pero pronto acabaré con este chaval. Aún se resiste, es el ímpetu de los veinteañeros, el ímpetu de la juventud, pero yo tengo más paciencia y mi mano fría, huesuda, no piensa soltarle.

A mi espalda, una voz ronca le grita:

—¡Eh, Edu! ¡Joder, no te duermas! ¡Vamos, tío, no te rindas!

Y de pronto, la voz, enérgica, comienza a pedir ayuda, a gritos, aullidos desgarrados que recorren el tren escapándose por los cristales rotos, saliendo fuera, llegando a los oídos de los que intentan ayudar.

Y del caos, surge un puñado de voluntarios, personas ensangrentadas, extasiadas, que comienzan a mover los hierros retorcidos y las pesadas piezas. Y mi víctima recupera su respiración agitada, abre lento los ojos, se convulsiona y, de un firme tirón, suelta mi mano para aferrarse a un tipo que, en volandas, consigue sacarlo de allí.

Yo, La Muerte, no suelo hacer concesiones, ni ser piadosa. Pero, a veces, algunos consiguen que se me escapen los vivos de entre las manos.

(A los héroes de Angrois, 24 de julio de 2013)

LLAVES DEL PASADO

Sin duda, prefiero mi despacho a esta sala destartalada de la cárcel, pero es todo lo que he podido conseguir con tanta urgencia. Por fin parece tranquila, logré que se tumbara en el diván y cerrara los ojos. He llenado mi blog de notas con algunas de sus frases pero, por el momento, nada de lo que me cuenta me lleva a ningún sitio.

—Odio el sonido de sus llaves, lo sabe —dice apretando los dientes con rabia—. Se lo advertí. No soporto que entre en mi celda. Creí que le había quedado claro la última vez.

Intenta contenerse, pero sus mejillas se encienden a medida que va hablando. Su ficha me desvela que ya cumplió los treinta, pero su aspecto frágil y su cuerpo menudo llevan a pensar que apenas supera los veinte años.

—¿Qué le advertiste?

No me contesta. Lo intento de nuevo.

—¿Por qué odias ese sonido?

Resopla, cansada. Lleva horas esquivando mis preguntas pero, llegados a este punto, ya no puede más.

—Joder... Con dieciséis años —comienza a contarme— mis padres me matricularon en un centro de prestigio. Caro, muy caro, y católico, por supuesto. Todos mis profesores: curas. El director era un hombre viejo, de esos que visten siempre sotana. Alto, con el gesto serio. A parte de ser el director, también era el profesor de filosofía. Un hombre muy completo y respetado por todos.

La observo atento cómo junta las manos sobre su estómago, entrelazando los dedos, que se tensan y se relajan a medida que va hablando.

—Un día falté a un examen y, para recuperarlo, me citó al día siguiente por la tarde, en la biblioteca. Era viernes y el colegio estaba prácticamente vacío. El examen, aun siendo oral, me salió bastante bien, de siete como mínimo.

Se queda callada por un segundo, traga saliva y continúa:

—Cuando salimos de la biblioteca me dijo que mi examen era demasiado flojo como para aprobar, pero que si yo quería me daba otra oportunidad. Me repetiría el examen al siguiente viernes. Ya te he dicho que el colegio estaba vacío. El pasillo era largo y oscuro, y al fondo había una puerta que conducía a un ascensor poco usado que llevaba al *hall*. No sé por qué razón, pero él cogió mi mano con la excusa de ayudarme. ¿A qué? El pasillo estaba despejado, sin muebles ni nada con lo que tropezar. Aun así, él sujetó mi mano con fuerza. A medida que avanzábamos por ese pasillo interminable, comenzó a jugar con su dedo pulgar por el dorso de mi mano, acariciándome lentamente, haciendo dibujos absurdos. Y aquel maldito pasillo no tenía fin.

Observo cómo le cuesta seguir hablando. Aprieta las manos contra su estómago y prosigue:

—Y no dije nada. Me quedé bloqueada por la forma en que me tocaba. Luego, uno de sus dedos se deslizó por mi muñeca y acabó perdido dentro de mi blusa, rozando mi brazo. Entonces su voz monótona susurró que quizá sería mejor que los próximos exámenes los hiciera con ropa más apropiada para una niña. «Un vestido. Quiero verte con vestido».

Me fijo de nuevo en sus manos, pequeñas, cubiertas de arañazos rojizos, recientes. Tiene los dedos perdidos bajo el puño de su camisa, imitando, involuntaria, los gestos de los que me habla.

—No lo entendí y lo único que hice fue bajar la cabeza. Y el pasillo parecía hacerse más largo. Y él cada vez me hacía ir más despacio. Entonces, no sé bien cómo, me desabrochó el puño de la camisa con un simple gesto y con la otra mano acarició mi brazo, recorriéndolo desde la muñeca hasta el codo una y otra vez, parados en mitad del pasillo. En esos momentos alguien abrió la puerta. Era el bedel, que venía a buscarle por algún asunto imprevisto. Me soltó la mano de golpe y se marchó agitando sus llaves... putas llaves... y antes de cruzar la puerta me repitió: «Ya sabes lo que tienes que hacer si quieres aprobar».

Aprieta con fuerza sus labios. Sus manos se tensan sobre su estómago. Y yo callado, para no dejar escapar un puñado de frases prefabricadas, que no conseguirían darle consuelo.

—Me hizo ir todos los viernes por la tarde durante el resto del curso. Todos. Con vestido. Todavía puedo olerle, pegado a mi espalda. Contra la mesa. Y ese ruido áspero de su sotana arremangada rozando mis piernas. Y sus manos sujetando mis muñecas para que no me moviera. Jadeando en mi oído que me estuviera callada, quieta... Y, después, cerraba la biblioteca y caminábamos por ese pasillo infinito, mientras agitaba una y otra vez sus llaves emplazándome al siguiente viernes.

Carraspeo, sorprendido por la confesión, intentando recomponerme.

—Por eso odias ese sonido —sentencio y tomo nota en mi blog.

—Sí —contesta, dejando escapar la palabra camuflada en un suspiro.

—Y por eso le diste esa paliza al funcionario de guardia.

Entonces, sin moverse, abre los ojos, grandes, grises y me observa, seria, de reojo, con una mirada implacable que me atraviesa.

—No —contesta tajante—. Le di la paliza por querer sujetarme las muñecas.

Línea 6

- Incongruencias
- Victoria
- De película
- Intento fallido de Humphrey Bogart

INCONGRUENCIAS

Quiero al hombre perfecto, que se enorgullece de ser imperfecto. Con la virtud de convertir sus principales vicios en pequeños papeles secundarios. Quiero a un hombre que es capaz de retorcer sus palabras hasta conseguir que suenen de forma deliciosa aunque, en el fondo, no sean más que un puñado de palabras estrujadas y vacías. Un hombre que no siente miedo mientras controla la situación, pero que se acojona cuando ve peligrar su mundo oculto, a salvo de los ojos de intrusos cotillas. Que pide perdón antes de hacerte el daño, porque sabe que —aun sin quererlo— acabará arrasándote con sus juegos de niño.

Quiero a un hombre que piensa que nadie le quiere, pero lo que no sabe es que, para muchos, se ha convertido en la única razón para levantarnos de la cama. Al hombre que una vez me tuvo en el principio de su lista de temas pendientes.

Quiero a un hombre que es más listo de lo que os dejará ver a cualquiera de vosotros. Que tira piedras sobre su propio tejado para, luego, subirse a repararlo. Que a enemigo que huye, le acompaña gustoso en su camino de regreso por el puente de plata. De ser un personaje del *Titánic*, hubiera sido uno de los músicos que siguió tocando para alegrar ese final a los demás.

Quiero a un hombre que utiliza las palabras como juego y los juegos son parte de su palabra. Que convierte cada frase en sentencia, a veces, de vida. Un hombre que es capaz de convencerte de que hay oro en todo lo que reluce.

Quiero al hombre que correría más rápido que Hervey Keitel con tal de parar el coche de Thelma y Louise, al borde del precipicio, para conseguir un final feliz. Al hombre que se siente el protagonista de todos los besos encadenados de *Cinema Paradiso*. Que odia el doblaje en el cine, porque siempre ha pensado que nadie puede decir las cosas mejor que uno mismo.

Quiero a un hombre que dice tu nombre solo por saber cómo suena en sus labios. Que siente celos de tu camisa por tener la suerte de poder estar sobre ti todo el día. Quiero a un hombre que intenta hacerse el duro, pero en el fondo es solo uno de los Niños Perdidos buscando juguetes con los que entretenerse.

Yo quiero a un hombre que es lo suficientemente inteligente para saber odiarme a tiempo y mantenerme fuera de su vida. Tal vez por eso le quiero más.

VICTORIA

(L a televisión nos muestra un hombre con esmoquin, que sube a un escenario a recoger un premio, mientras el público aplaude puesto en pie).
«Gracias a todos... Dicen que los premios a toda una carrera suelen ser los últimos que te dan. Aprovechemos el momento».
(Risas y aplausos. El hombre levanta la mano pidiendo silencio).
«Gracias... Muchas gracias... He llegado hasta aquí, a pesar de alguna que otra zancadilla. Siempre he intentado hacer las cosas bien, de corazón, aunque alguna vez haya podido herir a alguien. He estado al lado de quien me ha necesitado, y lo sabéis, y lo que he conseguido lo he logrado gracias a mi esfuerzo, nunca aprovechándome de nadie».
(Los compañeros aplauden con fuerza).
«En esta vida me he cruzado con gente buena. Muy buena. De esa que no quiero perder y que llevo aquí, en este corazón al que ya le van fallando las pilas.
También me he encontrado con gente mala. Muy mala. Grandes hijos de... que no merecen un hueco aquí».

(Se da un par de golpecitos en el pecho).
«Todos sabemos que este es mi último premio. Está claro que ya miro la vida por el retrovisor... Soy mayor. Muy mayor. Mayor incluso para ser mayor. Y, como tal, me puedo permitir el lujo de decir cualquier cosa. Decir, por ejemplo, que nunca me he leído el *Ulises* de Joice, ni pienso hacerlo. Que la voz de José Guardiola es mil veces mejor que la de Bogart, aunque los puritanos de la versión original se me echen al cuello. Y, también, puedo decir que Victoria Leiva va a llegar tan lejos como ella quiera, no lo dudéis».

(Se oyen aplausos. La pantalla nos muestra a una mujer, con un vestido de escote escandaloso, que sonríe con satisfacción).

«Sí, Victoria. No puedo dejar de nombrarte en este, mi último discurso».

(Coge aire).

«Te recuerdo cuando llegaste a Madrid. Una joven llena de entusiasmo, preciosa, con más jeta que talento a la hora de actuar y con un manejo en los idiomas que pronto te abrió las puertas... de todos los dormitorios. Te aseguro que jamás he conocido a otra como tú».

(La mujer se pone seria, con un gesto que pasa de la sorpresa a la indignación).

«Y así, cama a cama, has llegado donde estás, Victoria. Si hubiera un premio a la más trepa, sin duda, te lo darían a ti... No me mires así, mujer, te aseguro que te lo has ganado a pulso».

(Colorada de ira, la mujer está a punto de levantarse).

«No te vayas, preciosa, aquí todos sabemos de lo que estamos hablando».

(El público murmura. La pantalla se divide en dos, mostrando al hombre a la derecha y a la mujer a la izquierda).

«Cuando te arrimaste a mí, pensé que realmente era por pura admiración. Venías con ganas de aprender. Y sin esperar nada a cambio —y quien me conoce sabe que esto es así— te ofrecí mi ayuda para conseguir tu sueño. Sin apenas darme cuenta, te tenía dentro de mi cama y pensé que, en el fondo, no estaba tan mayor si aún conseguía despertar esos deseos en una joven como tú. ¡Error! Está claro que lo tuyo es la interpretación, preciosa. Ojalá fueras tan buena en pantalla como lo eres fingiendo en la vida real».

(Algunos aplauden y la mujer se gira para descubrir quiénes son).

«Tu carrera empezó a despegar y cada vez tenías más compromisos... De cama, probablemente. Y me fui quedando en un segundo plano, tercero..., hasta desaparecer de escena.

Después, te veía en las fiestas, colgada del brazo del tipo de moda, y yo pensaba: "¿Qué

tendrá ese que no tengo yo?".
¡Éxito! Eso era lo único que tenían: éxito. Cinco minutos de gloria. Eso es lo único que buscas, Victoria, y eres capaz de cualquier cosa con tal de tener tus cinco minutos. Esa es la razón de que hayas regresado a mi vida, porque hoy, por este rato, yo soy ese tipo de éxito.
Pero soy generoso y, como ves, te he cedido mis cinco minutos».
(El público rompe en aplausos).
«En fin, termino ya, lo prometo.
Gracias por este premio, significa mucho para mí. No solo porque me ha recordado que hay quien me quiere bien, sino —y esto es exclusivamente para ti, Victoria— porque me ha servido para darme cuenta de que todos estos años deseando que volvieras han sido una pérdida de tiempo.
Búscate un taxi, preciosa. No seré yo quién te lleve de vuelta a casa».
(Gran ovación de los compañeros puestos en pie. El hombre coge el premio y palidece).
«Gracias a todos por vuestra paciencia... Pero lo tenía que decir antes de que me rompiera del todo el corazón».
(Continúan los aplausos. El hombre hace un gesto de dolor y se echa la mano al pecho. Cae la estatuilla con gran estruendo. Se ve al hombre desplomarse. Oímos gritos y una voz desesperada pidiendo un médico. La imagen funde a negro).

DE PELÍCULA

Odio los cines, los detesto. Yo, cinéfila empedernida, amante de los clásicos, antes podía pasarme tardes enteras encerrada en la oscuridad de una sala de cine perdida en la gran ciudad. Pero eso quedó atrás y, ahora, ya no los soporto.

No he podido volver a pisar el *hall* de uno solo, desde la tarde en que vimos la reposición de *Casablanca*, la tarde en que decidiste zanjarlo todo por el bien de los dos. Una mala excusa para no admitir el miedo a que tu mujer descubriera lo nuestro. Siempre fuiste un cobarde, lástima que la oscuridad de la sala no me permitiera verlo en nuestra primera cita.

Y, a pesar de todo, dudo que fuera la primera vez que te veías metido en un lío como ese. Se te veía muy suelto, en tu salsa, llevando las riendas en todo momento, definiendo los tiempos, los momentos, el día y la hora de la sesión en que podíamos vernos. Tú marcaste el comienzo, era de lógica que sentenciaras el final.

Te recuerdo incansable, como Mrs. Robinson con aquel pobre chaval, en encontronazos fingidamente casuales. No paraste hasta que me rendí a ese acoso y derribo, hasta que acepté ver contigo *La tentación vive arriba*. Y en el mismo momento en el que Marilyn sentía el aire frío recorriendo sus piernas, yo sentí el cálido sabor de tus labios devorándome en aquella butaca de la última fila. Terminada la película, y pese a tus fingidos remordimientos, acabaste desbaratándome sobre la cama de un hotelucho de mala muerte, que nos pillaba de camino a ninguna parte. Y así empezó todo. Parecíamos una pareja de personajes huidos de alguna de aquellas películas faltas de color que, no hace tanto, llenaban la sala de novios que buscaban besos amparados en la oscuridad. Lo nuestro era un amor en *cinemascope*, disfrutado en la intimidad de la última fila, bajo la atenta mirada de Glenn Ford o Montgomery Clift.

La tarde en que Bacal le dijo "sí" a Bogart, yo me moría de envidia, con la cabeza apoyada en tu hombro, deseando que fueras tú quien me dijera aquellas palabras. Siempre pensé que acabaríamos juntos, como ellos, durante muchos años. Y que solo algo tan irremediable como la muerte nos separaría... Pero, sospecho que las películas no se hacen realidad, al menos, no en mi caso.

Con el paso del tiempo, solo acabó atrayéndote de mí la facilidad con la que me contorsionaba en la butaca de nuestro cine, que poco a poco, fue perdiendo espectadores y brillo en su pantalla. A nadie le interesaban ya las películas de romanos, ni los interminables números de claqué en mitad de comedias dulzonas, ni tampoco Clint Eastwood recordándonos que "el mundo se divide en dos categorías".

Y con la misma violencia que Gilda recibió su célebre bofetada, yo recibí tus palabras de despedida cuando las luces de la sala volvieron a encenderse. Por suerte para mi orgullo, no había asistido casi nadie a esa última reposición. Estaba claro que no podía durar, supongo. Quizá lo nuestro solo fue un fallo de guion, un despiste de la *script* en mitad de la película imperfecta.

Por eso, ahora, ya no soporto encerrarme en una sala llena de desconocidos. Gente devorada por la oscuridad que relaja su cuerpo en mullidas butacas, rojas, azules, de un falso terciopelo, y que lloran o ríen dependiendo de lo que la pantalla les lance sin piedad.

Para mí ha muerto todo aquello. ¿Dónde está la gracia de ver una película ajada por el tiempo, si tú no estás al lado para contarme quién es quién y a dónde va cada cual? ¿Qué tiene de divertido si ya no está tu brazo rodeándome en las escenas inocentemente terroríficas o consolándome cuando a la "prota" le rompe el corazón el guaperas de turno?

Como era de esperar, hoy cierran el Avenida, nuestro cine de cabecera. Aún conserva el olor a clásico, esa capa de polvo que da la historia, y sus butacas originales.

Quizá coja parte del dinero que tengo ahorrado y, sobornando a alguno de los tipos encargados de desmontarlo, me haga con la butaca en la que me besaste por primera vez. Será un trasto inútil, como tú, pero al menos será mío y no desaparecerá dejando un vacío difícil de llenar.

INTENTO FALLIDO DE HUMPHREY BOGART

Estaba claro que lo nuestro debía tener un final tan clásico y desgarrador como *Casablanca*. Al fin y al cabo, siempre me he considerado un intento fallido de Humphrey Bogar y tú eres la Ingrid más sensual que he tenido la suerte de echarme a la cara. Aquellos ojos aún no sabían mentir, preciosa, eran ventanas abiertas de par en par a tu interior.

La primera vez que te vi aparecer pensé que se debía a un error de cálculo, un fallo en tu brújula que te había llevado a perderte en el caos que me rodea. Quizá las páginas de mis libros, con historias prefabricadas, te habían dado una imagen equivocada de mí. Me creías un escritor coherente y feliz, y no un despojo del pelele que un día pude llegar a ser, un puñado de ruinas sin valor ya. Traías demasiado color para una vida estancada en el negro. Una vida que tú, preciosa, intentaste iluminar por todos los medios... Aunque todos sabíamos que sería trabajo en vano.

Pero, cariño, mi vida es así. Negra, como yo. Negra como la noche en que decidí borrar tu número de mi agenda. Negra como el camisón de raso que duerme contigo, cada noche, al lado de un tipo incapaz de ver la suerte que tiene de estar junto a ti.

Demasiada tentación para un cobarde como yo. Mejor huir refugiándome en las camas que encontré por el camino antes de admitir que lo tuyo, preciosa, lo tuyo no era un capricho pasajero. Me hubiera dejado atrapar solo por dormir una noche contigo, en tu cama. Pero las cursiladas no van conmigo y mi mala reputación iba a quedar más que perjudicada si continuaba empapándome de ti.

Ahora procuro no pensarte, aunque, de vez en cuando, me sorprendo buscándote por las calles de la ciudad donde coincidimos la primera vez. Voy a los cines, a los teatros, a las cafeterías a las que prometí llevarte y jamás lo hice, preciosa, por miedo a que pudieras contaminarte de mi miseria.

Hay cosas que nunca deberían marchitarse y otras que han nacido podridas. Y la lógica nos dice que no es bueno mezclarlas, bajo ningún concepto.

Sé que hice bien alejándote de mí... Solo es que, a veces, en noches como esta, sin darme cuenta, recuerdo esa primera vez que te vi, con aquel vestido azul, y te dije: «Hola encanto. Estás preciosa esta noche». Lástima que mis intenciones nunca estarán a la altura de lo que tú te mereces.

Línea 7

- Caramelos amargos
- Prisas
- Cambio de planes
- Treinta y todos
- Un ser extravagante

CARAMELOS AMARGOS

Marta mira por la ventana escrupulosamente blanca. Es una tarde típica de otoño.

—¿Alguna vez llegaste a pensar que las cosas serían así? Las hojas deambulan sin rumbo y enormes gotas hinchadas de lluvia salpican la acera.

—Yo sabía que llegarías lejos. Estaba segura de que sería así. Siempre fuiste más guapa que yo, más lista que yo y con más carácter.

Su voz golpea suavemente el cristal, empañándolo ligeramente.

—En días como este, nos sentábamos en las escaleras de tu portal y compartíamos el botín de caramelos que acabábamos de comprar en el quiosco de la esquina. —Sonríe—. Tus caramelos siempre me dieron envidia. No sé cómo lo hacías pero encontrabas dulces apetecibles, caramelos de sabores exóticos, gominolas recién traídas, blanditas, deliciosas. Y frente a eso, yo tenía la sensación de que mis caramelos eran amargos... Los más amargos...

Su voz se quiebra y carraspea para recuperar el tono.

—Recuerdo las noches de verano, cuando nos hicimos algo más mayores. Creo que me empezó a gustar Manu solo por el hecho de que a ti te gustaba Santi. Tenía gracia, dos hermanos con dos hermanas. —Una sonrisa amarga asoma a sus labios. —A pesar de que mi casa estaba llena de gente, siempre me consideré hija única, pero eso quedó zanjado cuando te acabé nombrando hermana mayor. Mis padres me dejaban llegar más tarde solo por estar contigo. La excusa de volver acompañada a casa siempre surtía efecto. Y así empezamos a salir los cuatro. A mí, Manu, no me daba cuartelillo, pero era capaz de aguantar lo que fuera con tal de que su hermano estuviera contigo.

Baja la cabeza y se mira los dedos metódicamente entrelazados.

—No tardó mucho en declararse, ¿recuerdas? Nuestro patio de vecinos en silencio y, de repente, aquella melodía italiana rompiendo la calma y una nota de papel lanzada desde la ventana. Unos niñatos jugando a ser mayores. —Suspira—. Y yo seguía muerta de envidia porque Manu no me daba cuartelillo y, mientras, Santi se deshacía en detalles contigo.

Se hace un breve silencio en la habitación y, de fondo, un suave y rítmico pitido parece querer sonar cada vez más alto.

—Después, la universidad, los viajes, el ir y venir... y te perdí la pista. Sabía que todo te iba bien, tu madre me ponía al día cada vez que nos cruzábamos por el barrio. Eras feliz, con un trabajo de responsabilidad, buen sueldo, casa y un novio de esos de toda la vida que te quería y te cuidaba.

Aguanta la respiración unos segundos.

—Y yo dando tumbos sin rumbo fijo. De trabajo en trabajo y de cama en cama. Volviendo una y otra vez al punto de partida. Con un par de costillas rotas por culpa de un amor mal entendido y con botón de pánico en el móvil, por si le diera por volver a buscarme. Y muerta de envidia porque tú habías conseguido todo aquello que te proponías, todo por lo que yo llevaba luchando toda mi vida, en vano.

Resopla y levanta enérgica la cabeza, provocando que sus rizos se desparramen por sus hombros.

—Por suerte, la asociación me ayudó, sobre todo quitándome la idea de que yo merecía ese trato. Recuperé el pulso de mi vida. Volví a trabajar y a ser yo misma. Encontré a Raúl que me quiere y me cuida, pero esta vez de verdad. Y decidí que tenía que ayudar a otras que, en algún momento, se hubiesen sentido como yo.

Marta se gira, dando la espalda a la tenue luz que entra por la ventana.

—Nunca pensé que me encontraría en una situación tan dura. Cuando la noticia nos llegó a la asociación, yo no podía creérmelo... Tu madre siempre decía que nos parecíamos mucho. Jamás pensé que hasta este punto...

Traga saliva con dificultad.

—Ahora todo irá bien, ya no estás sola. Yo estoy contigo, todos estamos contigo, y no vamos a permitir que te vuelva a pasar nada. Volverás a ser tú, feliz, libre, sin miedo.

Suspira y mira el reloj.

—Se me ha hecho tarde, Laura. Te dejo en la mesa un puñadito de caramelos, de nata y fresa, tus favoritos. Estos no son amargos, cielo, estos son los caramelos que tomaremos a partir de ahora. Mañana vengo a verte. Ojalá hayas despertado para entonces.

Se acerca y le besa en la frente. En la cama, Laura parece dormida, con un tubo que le ayuda a respirar y una máquina que marca el compás de sus latidos, cadenciosos. Deja uno de los caramelos junto a su mano.

—Te dejo uno aquí, por si te apetece... Hasta mañana.

En pocos minutos, la habitación queda a oscuras. Un dedo se arrastra lento por la sábana, hasta rozar el envoltorio bicolor del caramelo.

PRISAS

Todos los hospitales son iguales: fríos, impersonales, deprimentes... Este de Hull no iba a ser una excepción.
Mis tacones retumban en la sala de espera vacía. Con este tiempo la gente se lo piensa antes de caer enferma. Da igual el país en el que vivas: no es fácil llegar a ninguna parte en mitad de un temporal.
Tamborileo en el cristal de la ventana, impaciente por no saber nada de ti desde hace más de dos horas, mientras, en la calle, nieva a borbotones, como el día que te fuiste sin tener clara la fecha en la que regresarías.
Te he visto marcharte y volver muchas veces. Treinta años dan para tantas cosas..., ya lo sabes tú.
Te he visto salir de campamento y volver con un par de fotos robadas del profesor que tanto me gustaba.
Te vi bajar la calle caminando, con tu vestido amarillo, para cenar con ese chico que me tenía loca y que no me hacía ni caso... Para volver más convencida aun de que aquel tipo era un auténtico gilipollas.
Recuerdo verte huir colorada mientras aquel niño te ponía, desde la ventana, tu canción favorita y como, diez años después, volviste a

huir desencantada por ver el cretino en que se había convertido.

También, me acuerdo de cuando empezaste a ir a la Universidad y se te olvidaba volver. Cuando te marchaste a vivir con aquellos amigos, prometiendo que solo serían unos meses, pero yo sabía bien que era una mentira piadosa para amortiguarme el golpe de no tenerte a mano, como siempre habías estado.

Y esta última vez, la definitiva. Yo lo sabía y creo que, en el fondo, tú también.

Así que no me quedó más remedio que quitarme mi irracional miedo a volar y venir a verte. Lo que no esperaba era este recibimiento.

Apenas había llegado a tu casa y ya nos tocó salir corriendo a Urgencias. Aún no sé cómo conseguí traerte al hospital con mi vergonzante nivel de inglés. (Gracias, reformas educativas de los noventa).

Resoplo, impaciente, por esta sala de (des)espera. Los demás tardarán en llegar. No es fácil conseguir vuelo y menos aun con este temporal arrasando el norte. Cruzo los dedos para que lleguen a tiempo...

Una enfermera irrumpe en la sala arrancándome de mis pensamientos. Mientras tira de mi brazo, arrastrándome por un interminable pasillo, habla sin parar, a gran velocidad, sin percatarse de la cara de desconcierto que tengo.

Suelta, sin control, frases que no puedo entender. Soy incapaz de contener aquel torrente sin sentido y me dejo llevar hasta un inmenso cristal al fondo del interminable pasillo.

Al otro lado, un montón de cunitas llenas de futuros. La enfermera ya se ha dado cuenta de que no la entiendo ni una sola palabra. Y, con gestos desproporcionados, me muestra un dos con la mano derecha y el pulgar levantado de su mano izquierda.

«¿Lo ve? No es tan difícil comunicarse con una española recién caída del avión», pienso mientras le entrego la mejor de mis sonrisas.

Mal pronuncio un "*thank you*" y vuelvo la cara a la aséptica habitación. Con un gorrito y una especie de pijama blanco, un bebé altera la calma de los demás con su llanto.

—¿Así que eras tú la que tenía tantas ganas de salir? Nos has pillado a todos con dos semanas de menos, Ana... Madre mía, como te pareces a tu madre, siempre con prisas...

CAMBIO DE PLANES

Y después de esperar más de una hora: me quité todo el maquillaje, el recogido que tanto tiempo me había costado armar, me duché y guardé los taconazos que me había comprado para esa noche. Me miré en el espejo de mi habitación y me sentí idiota por haber llegado a pensar que aquella cita saldría adelante.

No sé por qué me sorprendió, estaba claro que un tipo como ese no iba a perder su tiempo con una tipeja como yo. Ni siquiera le importaba, por eso no había llamado para disculparse. Solo formaba parte de su trabajo, una idea brillante de su jefe para levantar la audiencia: «Cena romántica con el locutor que comparte tus noches», bonita forma de venderlo.

Supongo que a él no le entusiasmó la idea. Para mí era mi premio, ganado limpiamente, para él quizá un castigo, gajes del oficio. Pero es lo que tiene pertenecer a la farándula, que tienes que bailar al son que te tocan... A veces, con la más fea.

Bueno, no soy tan fea. Tengo unos ojazos castaños dignos de mencionar, pero siempre me he considerado "la simpática" del grupo. El puesto de "la guapa" ya lo tenía cogido Cristina: alta, morena, con dedos largos de pianista. Asquerosamente perfecta.

Y, como nadie iba a venir a recogerme ya, decidí atacar a la parte más débil de mi casa: el frigorífico. Abrí el congelador y comí helado como si el mundo fuera a terminarse. Acabadas las tarrinas —incluso la de emergencia—, busqué en el armario del pasillo la caja de galletas de mantequilla que había comprado esa mañana. Me da igual, mido metro sesenta y apenas rondo los cincuenta y pocos kilos, puedo permitirme un berrinche de este estilo. Es bueno, es sano, poder ahogar las penas a base de comida basura.

¡Dios, qué imagen más deprimente! En el sofá, abrazada a un cojín como en esas películas patéticas de sobremesa, atiborrándome sin medida, en pijama, con el pelo aún mojado y la música un poco alta para las horas que eran... ¡Que se jodan mis vecinos! Estoy harta de oírles demostrar lo felices que son y lo mucho que se quieren. ¿Acaso no saben discutir como un matrimonio normal?

En la mesa, se despertó escandaloso el teléfono. Poco me importaba, no pensaba levantarme hasta que no agotase toda la caja y apenas iba por el primer piso. Pero el timbre agudo y molesto insistía, ya por quinta vez. No me quedó más remedio que liberarlo del bucle en el que estaba atrapado. Arrastré mi desgracia por el suelo hasta la mesita y, con la boca aún repleta de galletas, solté un ahogado «diga».

—Hola. Soy yo... Óscar.

¿Óscar? Por poco me atraganto. No podía haberse enterado de que me habían dado plantón. Tragué deprisa la masa de galletas acumulada en la boca y dije:

—Hola, hola... Dime. ¿Ocurre algo?

—Estoy por tu barrio... Bueno, realmente estoy frente a tu casa y vi luz...
—Sí, me dieron plantón —le tuve que admitir.
—Vaya, lo siento... Oye, Pilar... Yo... Podemos salir por ahí a...
—¿Y por qué no subes? —le propuse—. Saco algo y comprobamos si la Garbo se sigue riendo.
—Hmmm... ¿Palomitas y *Ninotchka*?
—¡Exacto! —Solo Oscar era capaz de entender mis guiños cinematográficos.
—Ya sé que no soy la cita del concurso pero, ¡ey!, a mí me conoces desde hace más tiempo que a ese gilipollas.

Óscar y yo éramos amigos desde el colegio. Solíamos fumarnos las clases juntos y, una vez, le partió la cara a un bocazas que iba diciendo que se había marcado un tanto conmigo.

Dejé la puerta abierta y, parapetada en el sofá, le grité:

—¡Tengo muy mal aspecto! No te asustes, ¿vale?

—Te he visto recién levantada cuando vamos de acampada... ¡Ya no hay nada que pueda asustarme!

Apenas asomó por la puerta del salón, le recibí con un golpe seco de cojín, que no pudo esquivar,

—¡Pero bueno! —se quejó—. ¿Así empiezas?

Después, no sé muy bien qué pasó... El principio de la película, una botella de licor tentadoramente frío, palomitas, un regaliz rebelde que los dos quisimos comer y un beso con sabor fugaz.

Y, entonces, bajé el volumen del televisor. Tocaba que mis vecinos oyeran que, de vez en cuando, yo también puedo ser feliz.

TREINTA Y TODOS

El móvil vibra por enésima vez sobre la cama. He hecho bien quitándole el sonido, aunque hubiera sido más efectivo apagarlo sin más contemplaciones.

Saben que odio este día y aun así se empeñan en felicitarme y celebrarlo. ¿Celebrar? ¿Acaso no han entendido que un cumpleaños es, simplemente, una cuenta atrás hacia un final inevitable?

Pero este año sí que no tengo escapatoria. Mi marido, en un alarde de ingenio sin precedentes, se ha empeñado en prepararme una fiesta "sorpresa".

Iluso, hace semanas que lo sé.

Es torpe, muy torpe, y desde siempre le he pillado todas sus trampas. Como cuando se enrolló con aquella camarera. Creo que, incluso, yo lo supe antes que él. Ella le tiraba los trastos de una forma demasiado descarada para que alguien, con un mínimo de perspicacia, no se diera cuenta. Pero mi marido es lento, muy lento, y hasta que no le acorraló en los lavabos no se dio por aludido.

Aun así, ha sido capaz de meter a medio Madrid en un restaurante y, al más puro estilo *Hollywood*, todos me estarán esperando para verme llegar. Una especie de "entrada triunfal", mía y de la ristra de años que voy arrastrando ya.

«Ponte guapa», me ha dicho, «te estaré esperando aquí» y me ha soltado una especie de tarjeta de visita con la dirección.

Y me tocará poner cara de sorprendida, de felicidad, de idiota, y dar besos a diestro y siniestro a personas que solo asoman cuando hay canapés gratis.

Solo de pensarlo, me dan ganas de darle un buen trago al champú y hacerle una visita al servicio de urgencias. Entre el lavado de estómago y la pertinente charla con el psiquiatra, yo calculo que habrá acabado este día aciago y sin sentido.

Termino de disimular las arrugas que hoy se han añadido a mi colección y me miro en el espejo. Lo he intentado, me he puesto todo lo guapa que me han dejado los años. Con un vestido burdeos, de la última colección de una de esas tiendas de moda a granel, y unas botas carísimas, de las que me encapriché ayer por la tarde cuando, al salir del gimnasio, intenté llenar el vacío que las calorías me habían dejado, comprándome lo primero que encontré con olor a cuero.

No hay escapatoria. Cojo el móvil que continúa con su perpetua vibración y la tarjeta que marca dónde debo ir.

Cazo un taxi al vuelo y le paso la tarjeta al taxista. ¿Para qué hablar? Estoy convencida que —a pesar de esa cara de bobalicón que gasta— alguien le enseñó a leer en su día. Al menos el taxi parece nuevo. Me gusta. Huele a cuero.

—Esto cae cerca de Atocha —comienza a decir—. Iremos mejor si...

He dejado de escucharle, pero él continúa con su discurso:

—...es que se monta un poco de lío porque, a esta hora, salen varios trenes de esos de alta velocidad y la gente llega en tromba. Se ha puesto de moda, ¿sabe? Los trenes de alta velocidad, los "AVES", ¿los ha probado? Van rápido, muy rápido. —Se ríe de su propia ocurrencia—. ¡Nada puede darles alcance!

—No, no los he probado —le miento descaradamente—. Lléveme a Atocha.

—¿A la estación?

—Sí —le contesto mirándolo a través del retrovisor—. Veamos si son tan rápidos como dice.

Me recuesto en el asiento y miro a través de la ventanilla. Quizá subiéndome a uno de esos trenes los años no consigan darme alcance.

UN SER EXTRAVAGANTE

El título de "escritora" me ha convertido en un ser extravagante, que dedica parte de su tiempo libre a recorrer los pasillos del metro, en busca de lectores que viajen acompañados de mis libros, incautos, sin percatarse de que les observo. Sin percibir que les analizo. Sin darse cuenta de que, a diferencia de ese trayecto en metro, mis historias les llevarán de un lugar a otro, sin posibilidad de regresar al punto de partida.

Es un detalle egocéntrico, lo reconozco. Reminiscencias de las enseñanzas del tipo que me embarcó en este viaje y que, a mitad de travesía, abandonó el barco, como las ratas, y a mí con él.

Aprendí mucho, no cabe duda, y entendí, a marchas forzadas, que las personas estamos hechas a base de contradicciones.

Y un día, cansada de creer en algo que nunca existió, de esperarle a él y a sus respuestas, emprendí mi viaje en solitario dejando los recuerdos en alguna estación perdida. Solo me quedé con su libro y su dedicatoria, para recordarme que lo que se firma no tiene porqué cumplirse.

Por suerte, encontré el consuelo que necesitaba en mis personajes. Y, al más puro estilo *Desmontando a Harry*, me refugié en ellos y continué con mi vida.

Ahora me dedico, en mis ratos de ocio, a perderme por las calles de esta ciudad subterránea en busca de mis lectores para, juntos, desguazar a mis criaturas hasta reducirlas a la nada. Divertido, mucho, y cruel, más.

He visto a un hombre que baja las escaleras de dos en dos, a pesar de sus sesenta bien cumplidos, con uno de mis libros bajo el brazo. Le sigo y entramos en un vagón atestado de viajeros que dormitan en sus asientos.

Me siento estratégicamente cerca y le observo abrir el libro y zambullirse sin precaución en él. Mientras lee, asiente, sonríe, suspira..., y los relatos van pasando como las distintas paradas, llevándonos a su destino.

Marca con un lápiz verde algunas frases y palabras sueltas, doblando después la esquina de la hoja, meticuloso, a modo de señal. Curioso, muy curioso. Pasa la página y, de nuevo, comienza con el ritual.

No levanta la vista. Está más pendiente de la vida que surge entre las páginas, que de la que se escapa a su alrededor.

Me pueden las ganas por saber y le interrumpo, sutilmente, haciendo uso de la táctica habitual. Finjo que yo también he leído ese libro, tampoco le estoy mintiendo del todo, y lanzo al aire un par de ideas vagas, para ver por dónde respira.

Él no me conoce. Me he cuidado mucho de que mi imagen no se vea salpicada por el agua turbia de las redes sociales y, enfrentándome a mi editor, nunca se ha incluido foto mía en las solapas. Eso me da libertad para permitirme este juego, que no creo que le haga daño a nadie y que, por el contrario, me ayuda a mejorar y me engorda el ego a partes iguales.

Mi lector se siente libre para hablar de unas criaturas que ya no me pertenecen y que, por lo tanto, deben asumir solas las críticas de sus adeptos y detractores, adictos todos y todos con patente de corso a la hora de opinar.

Me confiesa que no creé que la escritora sea real; que, quizá, sea un seudónimo; que, tal vez, lo que haya detrás sea un hombre; o que, rizando el rizo, sea una colección a base de retales de otros autores, que no verán un duro de los derechos de autor. Está claro, mis lectores me ganan en imaginación y la franqueza de este hombre, con aspecto de catedrático de universidad, consigue arrancarme una carcajada.

Y, entonces, siento que alguien me mira. Busco al culpable de esa sensación entre los viajeros desperdigados por el vagón. Y allí, al fondo, en un asiento estratégicamente

situado para ser testigo de todos los movimientos, está él.
No puedo creerlo. De todos los vagones y pasillos de metro de la ciudad y tiene que aparecer en el mío.
Es él, sin duda. Algo más viejo, su estilo de vida le va pasando factura. Algo más canoso, pero eso es algo que siempre le sentó bien. Algo más serio y es que, en el fondo, acabará devorado por su propio personaje, es cuestión de tiempo. Con la camisa blanca a la que nos tiene acostumbrados, de mangas meticulosamente dobladas, y el periódico de la competencia entre las manos, que apoya sobre su maletín de cuero, al que veo que sigue siendo fiel. Y sus ojos, impasibles, implacables, puestos en mí.

Siento como todos los recuerdos se revuelven, se desbocan, se apresuran a ponerse en fila para pasarles revista inconscientemente. Principios, finales, cuentos que se quedaron por contar.

Me pongo seria, mucho, casi tanto como él. No son buenos estos giros en la trama. No es bueno que coincidamos en la misma página. Y siento la urgente necesidad de salir de aquí. Ahora.

Finjo verme perdida y, aprovechándome de la amabilidad de mi lector, le pido que me indique la salida que, miento, digo no conocer. El hombre me sonríe, Con exceso de felicidad en los ojos, y se me ofrece, paternalista, a sacarme de allí sana y salva.

Cuando el vagón se para, me toma de la mano y salimos, atropellados por las prisas de la gente arrasada por su lunes, y con su mirada, inquisitiva, acompañando la huida.

A salvo entre la gente, me empieza a incomodar la manera en la que mi lector me toca —los gestos firman las intenciones que esconden los ojos— y me busco una excusa para zafarme de él y de sus intenciones. Le confieso quién soy y, evitando que vuelva a ponerme las manos encima, le firmo su libro con su propio lápiz, que olvida al marcharse, decepcionado por verse descubierto.

Mientras los vagones se alejan, me siento a tu lado en uno de los bancos del andén. Me observas con recelo y decides apartarte un poco y marcar las distancias entre nosotros. Oímos a un vagabundo gritando desquiciado a nuestra espalda. Vemos llegar a una chica, con una bolsita de caramelos, que tropieza al pasar. Al otro lado de las vías, un tipo trajeado estornuda y resopla con aspecto cansado...

Y aquí estamos todos, quietos en la mitad del camino, en un punto perdido entre el lugar del que salimos y el lugar al que quisimos llegar. Parados en el tiempo, atrapados por un momento, expectantes por saber qué nos sucederá al doblar la esquina, al pasar la página, al subirnos al próximo vagón...

EPÍLOGO I

EL HOMBRE DEL TRAJE GRIS

Estoy cansado de mi vida, monótona, aburrida. De casa a la oficina y de la oficina a casa. Vestido de gris. Solo, siempre solo. Mi mujer se cansó de esperar a que volviera a quererla y un día, al regresar del trabajo, había recogido sus cosas, la mitad de mi vida, y se había marchado.

Todas las mañanas, a las nueve, ficho en la oficina. Un agujero donde quemo los días que me quedan, donde mis ideas caen a la moqueta, sin que nadie las aproveche. Café de máquina, a eso de las once, y conversación absurda con dos tipos de administración, de los que ni siquiera conozco sus nombres. Y, a las dos, bajo a comer a la misma cafetería, donde lo único que cambia es la mesa en la que me acabo sentando: dentro en invierno y en la terraza cuando llega el buen tiempo.

Cuando como fuera, observo la gente que viene y va: los que bajan del 43, los que entran en la boca del metro, los que cruzan despreocupados.

Ella apareció de repente. Un día me fijé que una joven rubia, esbelta y pálida se sentaba unas mesas más allá a tomar un café, haciendo tiempo para que llegara el 43. Unas veces vestida de verde, otras de rosa, de rojo, azul...

He coincidido con ella cada día, a la misma hora. Apenas veinte minutos en esa terraza y en cuanto ve venir el 43, se levanta corriendo y sube apresurada al autobús, hasta el día siguiente en que vuelve a aparecer doblando la esquina, con sus vestidos de colores vivos: granate, celeste, lila...

Sentado frente a ella, la miraba ensimismado. Hasta que un día, comenzó a saludarme, sin más, solo por el simple hecho de vernos a diario en esa cafetería.

Es increíble cómo se ilumina la calle cuando ella dobla la esquina, contagiando alegría. Y al pasar por mi lado, casi rozándome, con su saludo sonriente consigue arrancarme una respuesta tímida. Y al ver a lo lejos el 43 enfilar la avenida, se levanta deprisa y me grita un «hasta mañana». Y entonces veo un vestido de color intenso correr a la parada y perderse entre la gente.

Todos los días espero con ganas que lleguen las dos para ver de qué color iluminará mi día. ¿Naranja? ¿Morado? ¿Amarillo?

He decidido dejar de vestir de gris. Me he comprado una camisa nueva, roja, por ver si hoy coincidíamos los dos en elegir el mismo color. Entonces, me acercaré a ella para invitarle a un café y hablaremos de las coincidencias, de los colores... Y, antes de que salga corriendo a coger el 43, la invitaré a cenar. Y quedaremos esa noche, vistiendo del mismo color. Cenaremos y, de la mano, la acompañaré a su casa, donde nos despediremos con un beso que invite a algo más.

Por fin son las dos. He bajado a la cafetería, con mi camisa nueva de color rojo, pero hoy se retrasa. Quizá se encontró con alguien. Quizá ha ido a otra cafetería con ese alguien... Pasan los minutos, pero ella no aparece. Veo enfilar el 43 por la avenida. Me impaciento y miro ansioso el reloj... gris. Gris.

Me doy cuenta de que todo esto es absurdo. Nunca nadie como ella se va a fijar en alguien como yo. Un hombre gris que, por un momento, intentó llenarse de color pero, en el fondo, sigo siendo gris. Lo sé.

Ella no va a venir. Ni siquiera imagina que la estoy esperando, que desde hace un tiempo es lo único que me levanta de la cama. Solo soy alguien al que saluda, al que nunca ha prestado atención. Por eso hoy no ha aparecido, ni va a aparecer. Estoy convencido de que, si se hubiera acercado a mí, habría acabado siendo como yo: pesimista, aburrida, triste, amargada...

Veo inquietarse a los camareros, que suben nerviosos el volumen de la televisión. El telediario habla de una joven que se ha arrojado al paso del 43. Sobresaltado, corro al interior de la cafetería para ver lo que está pasando. Apenas unos segundos, no consigo distinguir las imágenes, solo un vestido de un rojo intenso que contrasta con el gris del asfalto.

EPÍLOGO II

TU CAMISA

Trabajar en publicidad te enseña a crear en la gente necesidades que antes no tenían. Y eso es algo a lo que he sabido sacarle partido. En su caso, me ha sido fácil. No tenía escapatoria. Sé muy bien que las ganas la atraparon desde el día que coincidimos en aquella presentación. Desde el momento en que, al estrecharnos la mano, pareció sorprenderse, inquietarse, excitarse.

Viendo ventaja, ataqué.

Solo era cuestión de alimentar su curiosidad; escandalizarla con calma, dejándola sin argumentos con los que poder contraatacar; haciéndole creer que soy ese "algo" que siempre ha estado buscando, pero que no está a su alcance.

Y esa electricidad que recorrió su cuerpo, ese escalofrío que eriza su piel al recordarlo, acompañado de un buen puñado de palabras ingeniosamente escogidas, ha acabado por traerla a mi casa, superada por el deseo y perdiendo las dudas por el camino.

Ha sido un triunfo descubrirla en mi puerta, expectante, con las pupilas dilatadas por la oscuridad y la excitación. Debía llevar mucho tiempo ahí fuera, Ensayando su entrada triunfal en escena, para lograr darle ese punto de indiferencia que cree haber conseguido.

Se ha sentado en mi sofá, sintiéndose seductora, cargada de suficiencia, cruzando las piernas con aire distraído. Se pensará que así me sorprende. A estas alturas, nada de lo que me pueda ofrecer me va a parecer novedad. No deja de ser una de esas novelas de las que ya conozco bien el final. Otra cosa es que no me importe releerlas, de vez en cuando.

Apurando la tercera copa, me confesó, con forzada sinceridad, que desde que nos conocimos, solo piensa en abrazarse a mi camisa.

Curiosa excusa... Qué manera de retorcer los argumentos cuando, lo que realmente le pasa, es que tiene ganas de sexo, como todos. Que lo pinte del color que quiera, me da igual, ambos sabemos lo que venía buscando.

No sé qué he disfrutado más: si el juego de estas últimas semanas, haciéndole creer que es ella la que me ha convencido, o quitarle la ropa despacio, viendo como era devorada por la impaciencia y la necesidad.

El agua caliente resbala por mi cuerpo. Llevaré unos diez minutos bajo la ducha y todavía creo tener su olor pegado a mí. Por qué todas intentan disimular el vicio que las envuelve con perfumes melosos, que acaban impregnando mi almohada de aromas cargantes, pero, por suerte, efímeros, como mi paso por sus vidas.

Y me viene a la cabeza su simulacro de *slogan*... «Eres la camisa que estaba buscando»... ¡Menuda gilipollez!

Prefiero quedarme con sus gemidos escandalosos y el placer descontrolado que nos arrasó al perderme entre sus piernas. Lo ha disfrutado y me lo ha hecho disfrutar, mucho. Sensual y lasciva. De las que me gustan. Lástima que haya roto el encanto pidiéndome que me quedara con ella, solo un momento, solo un abrazo.

Todas piden lo mismo. ¡Joder! Después de una buena sesión de cama, lo único que me apetece es una ducha y dormir, pero solo.

Además, todos los besos que se tenían que dar, ya se han dado, y todas las caricias que se tenían que sentir, ya se han sentido.

Con mano izquierda, me he librado de su abrazo, para refugiarme bajo el agua de la ducha. Me quedaría aquí otros diez minutos más. Pero, en algún momento, tengo que volver y recordarle que no soy de dormir acompañado y pedirle, con toda la amabilidad de la que soy capaz a estas horas de la madrugada, que se vista —si no lo ha hecho ya— y llame a un taxi.

Entro en la habitación, vacía y en silencio. La lámpara de la mesilla arroja, con desgana, un poco de luz en el orden caótico que me rodea.

Sobre la cama revuelta, una de las perchas de mi armario y un billete de cincuenta garabateado.

Chasqueo la lengua y me acerco a leer su "adiós de papel", encerrado en una letra puntiaguda y retorcida:

"Me llevo tu camisa. Abraza mejor que tú. Con esto, cómprate otra".

ÍNDICE

DEDICATORIA 7
CITA 9
PRÓLOGO 11
LÍNEA 1
   CUENTOS DE METRO 21
   SARA 26
   UNA BURDA IMITACIÓN 29
   PERFECTA 33
   EN LA CAFETERÍA DE JULIA 36
   TRAS LA MÁSCARA 39
LÍNEA 2
   ALGO PASAJERO 45
   INTENCIONES 47
   LLUVIA 48
   EN EL ANDÉN 49
LÍNEA 3
   POR NAVIDAD 53
   ¿ME RECUERDAS? 56
   UN TIPO DE ÉXITO 59
   ROJO Y GRIS 63
LÍNEA 4
   ABURRIMIENTO 69
   LA LUZ DEL CALLEJÓN 75
   CAJA DE BESOS 82
LÍNEA 5
   ARRASADO POR LAS DUDAS 89
   RUÍNAS 92

 Entre las manos 95
 Llaves del pasado 97
Línea 6
 Incongruencias 103
 Victoria 105
 De película 109
 Intento fallido de Humphrey Bogart 112
Línea 7
 Caramelos amargos 117
 Prisas 121
 Cambio de planes 124
 Treinta y todos 127
 Un ser extravagante 130

EPÍLOGO I **135**

EPÍLOGO II **141**

Printed in Great Britain
by Amazon